桜若葉川《さくらわかば》
桜若葉小学校《さくらわかばしょうがっこう》
北
西
東
南
一号棟
桜若葉団《さくらわかばだん》
二号棟《ごうとう》

森の石と空飛ぶ船《そらとぶふね》

岡田 淳＝作

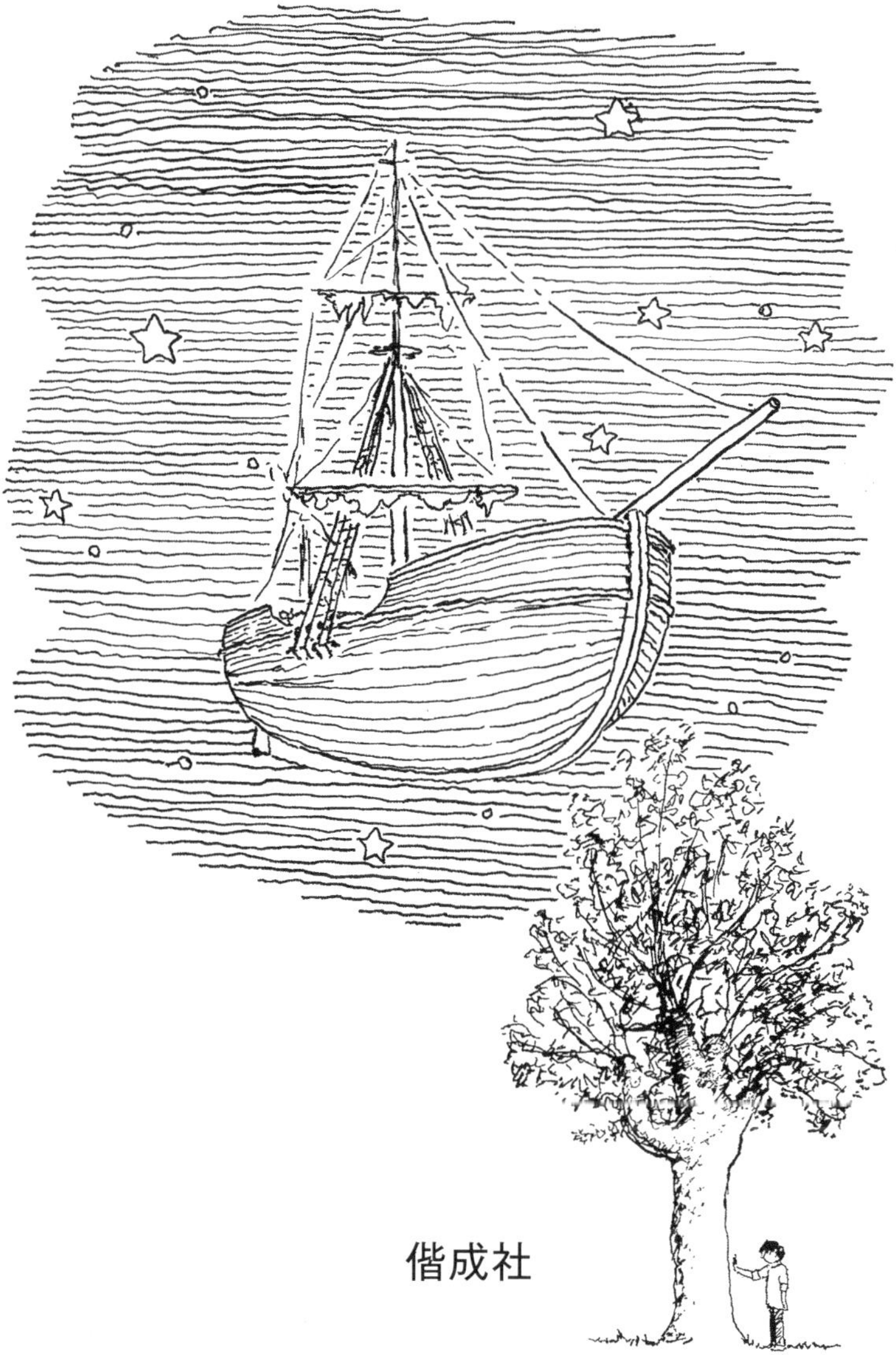

偕成社

森の石と空《そら》飛《と》ぶ船《ふね》

もくじ

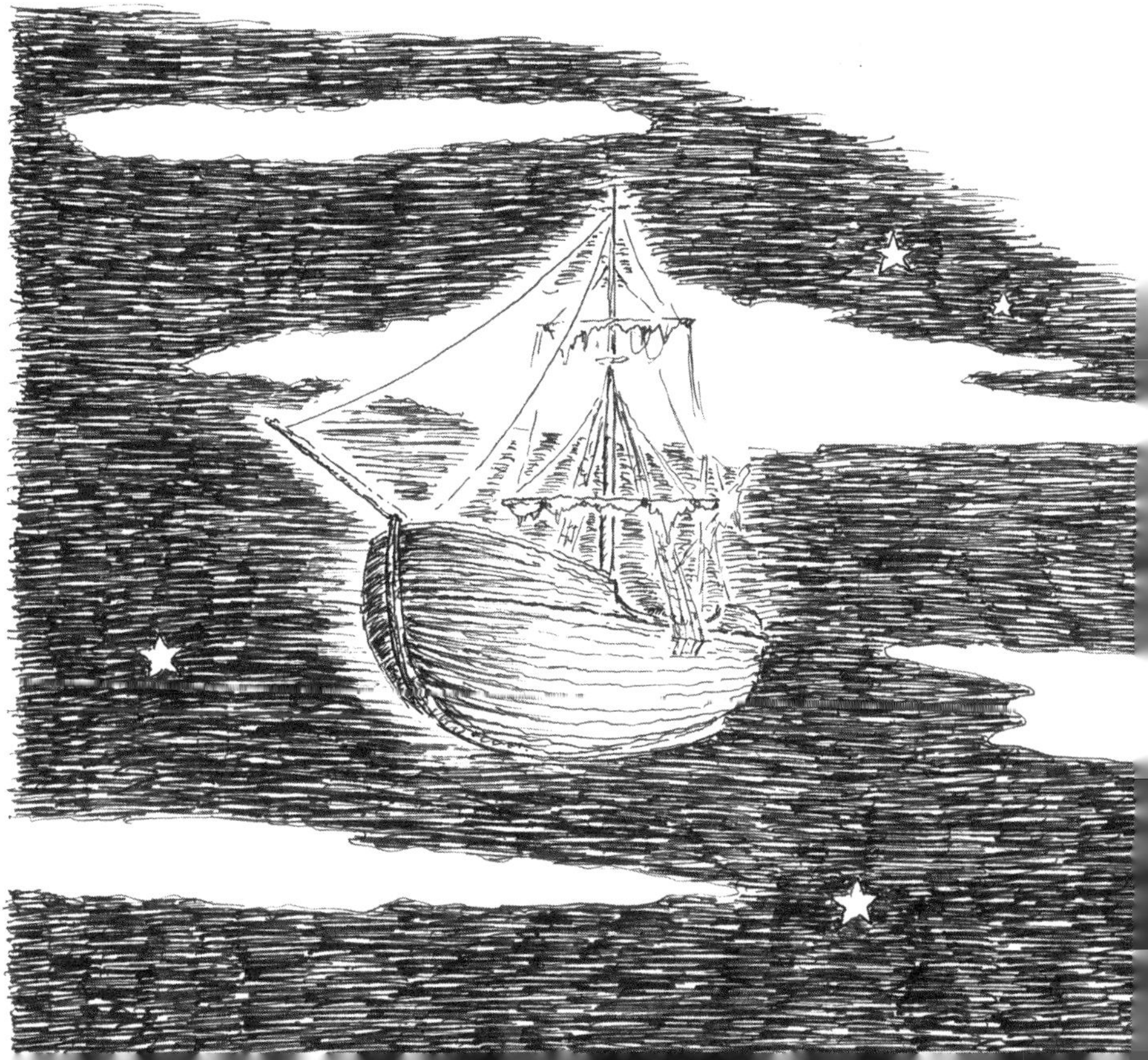

森の石と空《そら》飛《と》ぶ船《ふね》
おもな登場人物紹介

シュン
この物語の主人公。小学校とサクラワカバ島を行き来することになる。

アミ
シュンの同級生《どうきゅうせい》。

トモロー
シュンの同級生《どうきゅうせい》。

桜若葉小学校《さくらわかば》の6年生

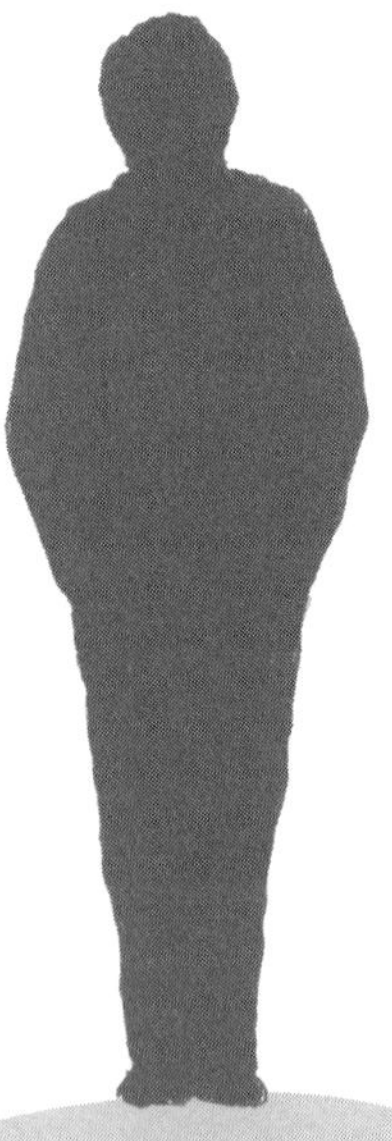

ロメオ
謎《なぞ》の男。

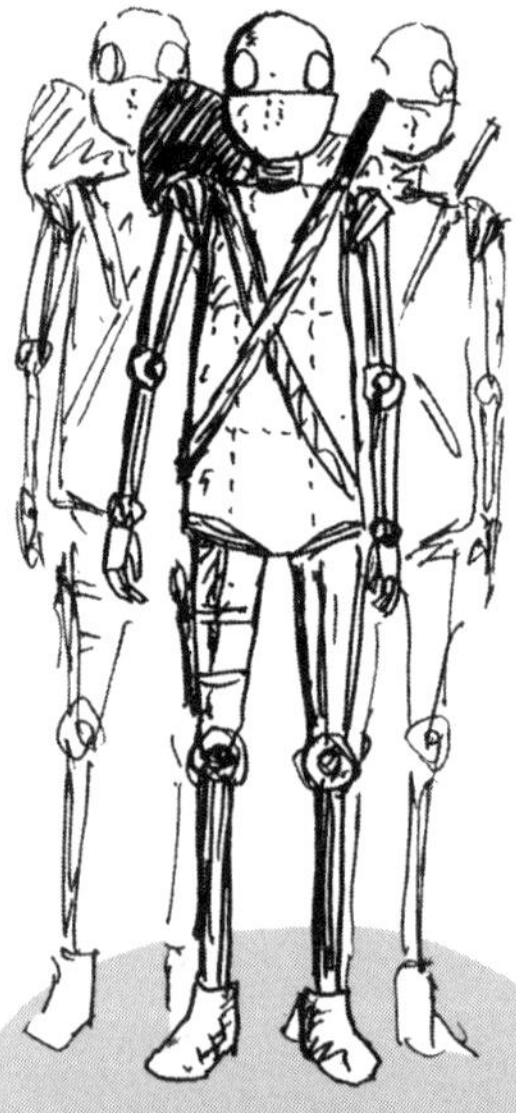

ロボットたち
森の石をうばいにくる。

キノコのひと
森の石をまもる。

ヒキザエモン

ひつじ亭《てい》に部屋《へや》を借《か》りている。

エリ

ハルおばさんが経営《けいえい》するひつじ亭《てい》にすんでいる。レオンはおじさん。

レオン

ひつじ亭《てい》に部屋《へや》を借《か》りている。桜若《さくらわか》葉《ば》小学校と島を行き来する探偵《たんてい》。

サクラワカバ島の住人

ハルおばさん

レオンのお姉さん。ひつじ亭《てい》という宿《やど》屋《や》を兼《か》ねた食堂《しょくどう》を経営《けいえい》。

レオーネ

レオネッタのおとうと。

レオネッタ

ハルおばさんの子ども。

ジュリエット

ドラゴンの家系《かけい》。

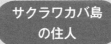

装画
さし絵　　　　岡田　淳
本文デザイン　田中明美
ブックデザイン　渋川育由

森の石と空《そら》飛《と》ぶ船《ふね》

1　シュンと白いネコ

はじまりは、五月の、昼休みのことだった。

桜若葉小学校《さくらわかばしょうがっこう》の中庭《なかにわ》は、校舎《こうしゃ》と体育館《たいいくかん》に四方《しほう》をかこまれている。中央に大きなクスノキがあって、そのまわりに花壇《かだん》やベンチ、鳥小屋《とりごや》、そして何本かの木がある。

中庭に面した一階《かい》の廊下《ろうか》を歩いていたシュンは、なにげないようすで用具倉庫《ようぐそうこ》にはいりこんだ。用具倉庫は、中庭にはりだした階段《かいだん》の下にある。

奥《おく》のドラム缶《かん》までまっすぐにすすんで、さしこまれた竹《たけ》ぼうきや熊手《くまで》をはしによせ、ひょいとなかにとびこんだ。そしてしゃがむと、自然な感じに竹ぼうきや熊手をばらけさせ、息《いき》をひそめた。

ほこりのにおいのするドラム缶のなかにも、昼休みのざわめきはきこえてくる。

そのざわめきのなかから、ききなれた声と足音がちかづいてきた。

「どこへ行ったんだ？　シュンは。」

白井《しらい》の声だ。うごいてはいけない。

「たしかこのあたりにいたよなあ。」

あれは三谷《みたに》だ。

「まさか、倉庫《そうこ》のなかにかくれているんじゃないよな。」

これは岸《きし》。板張《いたば》りの床《ゆか》がゆれる。倉庫のなかにはいってきたのだ。

シュンは、四年生の二学期に桜若葉小学校《さくらわかばしょうがっこう》に転校《てんこう》してきた。いまは六年生の五月だ。

六年生の新しいクラスになって、白井《しらい》や岸《きし》、三谷《みたに》たちが、シュンのどこを気にいったのか、遊びにさそってくる。

さそわれると、シュンもつきあう。それでたのしいこともある。が、どちらかといえばあまりたのしめない。「シュンといっしょにいると盛《も》りあがるよな」と白井はいう。シュンにはそうは思えない。でも「そうですかねえ」などと笑《わら》いにごまかす。それもめんどうだ。だから、できるだけさそわれないようにしている。

「シュンのやつ、ゆうれいネコのように消《き》えちまったなあ。」

と、三谷《みたに》がいう。白井《しらい》の声がつづく。

「おい、もしかしたら、シュンもゆうれいかもな？」

「そういや、あいつ、影《かげ》がなかったような気がしてきた。」

「おお、ネコかシュンか、どちらかはゆうれいに決定《けってい》な。」

三人が笑《わら》いあったあと、きゅうに白井《しらい》がいいだした。

「思いついたぞ。」

「なにを？」

「まあ、すわれって。」

どうやら三人は倉庫《そうこ》の入り口にすわったらしい。

「あのゆうれいネコ、つかまえようぜ。」

「ええ？」

岸《きし》と三谷《みたに》がすっとんきょうな声をあげた。

ゆうれいネコというのは、小学校でときどき見かける白いネコだ。ゆうれいといわれるのは、追いかけられるとふっといなくなってしまうからだった。だれかが消《き》えるところを見たわけではない。校舎《こうしゃ》の裏《うら》でも中庭《なかにわ》でも、いたはずなのにすがたが見えなくなっているというのだ。きっと、むかしこのあたりで殺《ころ》されたネコのゆうれいだろうと、みんなに気味《きみ》わるがられている。

シュンはその白いネコをすきだった。ほこりたかそうな感じがある。遊びたくないのにさそわれれば遊ぶとか、つきあいで笑《わら》うなんてしなさそうだ。きれいな毛並《けな》みだから、きっと

近所の飼《か》い猫《ねこ》だ。ゆうれいなんかであるはずがない。逃《に》げ足《あし》が速《はや》く、かくれるのがうまいだけだろう。

「つかまえて、どうするんだよ。」

シュンが思ったことを、三谷《みたに》がたずねてくれる。

「ゆうれいネコとゆうれいシュンを対決《たいけつ》させる。」白井《しらい》がこたえる。

——またそんなことを思いつく。

シュンはうんざりした。

「ゆうれいネコとゆうれいシュンを教室にとじこめるだろ？　消《き》えたほうがほんもののゆうれいってどうよ。」

「両方《りょうほう》消えるかも」と、岸の声。

「あり得《う》る」と、白井。

「おもしろそうだけど、どうやってつかまえるんだ？」これは三谷。

「まかせろ」と、白井。「うちでネコを飼《か》っていたときに、兄貴《あにき》が考えだしたんだ。猛獣狩《もうじゅうが》りごっこ。」

「猛獣狩りごっこ？」三谷と岸が声をそろえる。

「ああ、ネコを猛獣《もうじゅう》ってことにして、そいつをつかまえるんだ。ほら、動物病院なんかにつれていくときにネコを入れる、バスケットみたいな檻《おり》があるだろ。あれにゴムとひもでちょいとしかけをつくって、あとは〈おおよろこびのえさ〉があれば、つかまえられる。」

「ほんとにつかまるかなあ。」これは岸《きし》。

「うちのネコはつかまったね。」とくいそうな白井《しらい》の声。

「で、そいつをどこにしかけるんだ？」三谷《みたに》。

「ほら、裏《うら》のプラタナスのあたりがいいんじゃない？　あのあたりにゆうれいネコがよくいるじゃないか。」こういうことは白井。

これが、はじまりだった。

シュンは、桜若葉団地《さくらわかばだんち》二号棟《ごうとう》五〇三号室に、タクシーの運転手《うんてんしゅ》をしているお父さんとふたりでくらしている。

お父さんがもどってくるのは、深夜《しんや》か明《あ》け方《がた》だ。朝、シュンが起きると、お父さんはねむっている。トーストとミルクとバナナの朝食は、ひとりで用意《ようい》して、ひとりで食べる。ときどき起きられなくて朝食をぬく。夕方《ゆうがた》にでかけるお父さんと、学校からもどってきたシュンが顔をあわすこともあるが、ゆっくり話ができるのは、学校が休みの日の午後だけだ。ふだん必要《ひつよう》なことは、おたがいにメモノートに書いておくことにしている。

書くのはめんどうではない。シュンは文を読んだり書いたりするのがすきだ。まだだれにもいっていないが、将来作家《しょうらいさっか》になりたいと思っている。日記など、小説みたいに書く日がある。六年生になってすぐ「自伝《じでん》を書く」という課題《かだい》が出たことがあった。シュンの〈自伝〉はクラスでいちばん長かったらしい。書くのがすきだったし、ひとりの夜のすごしかたとしては、自伝を書くというのはおもしろかったのだ。

ひとりの夜――。はじめのころは心細《こころぼそ》かった。けれど、すぐになれた。晩《ばん》ごはんは、お父さんがなにかつくったときは、あたためればいいだけにしておいてくれる。でなければ、シュンがつくる。そのためのお金はおいていってくれる。

そんな暮《く》らしが不幸《ふこう》だと思ったことはない。ひとはそれぞれだ。

だが、きょうはじめて、そんな暮らしを幸運《こううん》だと思った。だれにも気をつかわないで、夜に外出《がいしゅつ》できる。もちろん、ネコを逃《に》がしてやるためだ。

夜九時、シュンは部屋《へや》を出た。桜若葉小学校《さくらわかばしょうがっこう》は団地《だんち》のすぐ前だ。五、六分も歩けば、白井《しらい》がいっていたプラタナスのあたりまで行ける。

北校舎裏庭《きたこうしゃうらにわ》のフェンスの外は道路で、そのむこうは中学校だ。だからそのあたりには家がない。通るひとさえいなければ、だれにも見られずしのびこめる。

遠い街灯《がいとう》の光でフェンスの金網《かなあみ》のさけめをたしかめる。きっと白井《しらい》たちもここからはいりこんだにちがいない。背中《せなか》でもたれるようにおしてみる。すっと通れた。

プラタナスの根《ね》もとまで行くと、外の道から見えないあたりに、たしかにペットをはこぶバスケットのようなものがおいてある。ネコがつかまっているようすはなく、入り口があいている。

二度目は九時半に行った。やはりネコのすがたはなかった。

三度目に行ったのが、十時ごろだった。

プラタナスにちかづくと、とつぜんシャアッとおどすような声がきこえた。夜の十時の暗《くら》がりで、とつぜんのシャアッには、びくっとした。入り口がしまっている。目をこらすと、すきまから白いものが見えた。

シュンは立ちすくんだ。おどすような声に、腰《こし》がひけた。胸《むね》がどきどきする。

自分をおちつかせようと、小さな声で自分に話しかけてみた。

「考えてもみたまえ。ここにつかまったネコがいる。そのネコにしてみれば、ここにやってくるのは、それをしかけたやつだと思うのが、とうぜんではありませんか。」

そこまでささやいて、そのとおりだとうなずいた。

バスケットのすきまから見ると、ネコは背《せ》をまるめ、しっぽもふくらませ、いまにもとびかかろうとするいきおいだ。

シュンはごくりとつばをのみこんで、そこにしゃがんだ。そしてネコをなだめるように、こんどはネコにむかって、声をひそめ、しかし熱心《ねっしん》に、ゆっくり話しかけた。

「あの……、あのですね、このしかけをおいたのは、ぼくじゃありません。その、ネコのきみには、わかってもらえないかなって思いながらいうんだけど、このしかけをここにおくというひとたちの話を、たまたまきいて……。それも、きみをつかまえて、ぼくと対決《たいけつ》させようと、考えたひとたちがいて……、なぜかっていうと、そのひとたちは、きみのことを、ゆうれいネコと呼《よ》んでいて……。で、ぼくも、へん、だとか、ゆうれいシュンなんていわれていて……。ああ、いいおくれたけど、ぼくは六年一組の、フジイ・シュン。だから、そのゆうれいどうしで対決だなんて考えるひとたちがいて、ぼくはそんなこと、いやだなって思ったのですね……。

でもそれ以上に、その、ええっと、ぼくはときどき、きみを見かけて……、その、きみのこと、そう、いい感じだな、すきだなって思っていて……。ぼくはきみのように生きられればいいなって……、ほこりたかく、自分の道を歩くっていうか……、つまり、あこがれている。ぼくはきみの味方《みかた》。ね、早い話が、たすけてあげたいなって考えて……。」

「だったら、さっさと戸《と》をあけて。」

「ひっ！」

シュンは、あんまりびっくりしたので、なさけない声をあげて、しりもちをついた。ネコがしゃべったのだ。――いやいや、待《ま》てまて、まさか、そんなことが……。
しばらくそのままじっとしていた。ネコはもうしゃべらなかった。
ほんとうはネコがしゃべったのではなくて、そんな気がしただけなのかもしれない。
ズボンのしりをはらって、あらためてネコを見た。いつのまにかしっぽはふつうの太さになっていて、背《せ》もまるくなっていない。もうおこってはいないように見える。たしかめてみようと、いってみた。

ネコはシュンを見あげて、いいからさっさとあけろ、というふうに、戸《と》のほうにあごをしゃくった。

「あの、おこってないよね……。」

きゅうにひっかいてきても逃《に》げられるようにかるく腰《こし》を浮《う》かせながら、シュンは戸をあけた。

「あけるよ。」

白いネコはゆっくりとバスケットから出て、一度だけシュンの顔を見あげた。

シュンが声をかけたが、ネコはふりかえらずに、ゆうゆうと歩《あゆ》みさった。

「もうつかまらないでね。」

バスケットの戸《と》は、すこしまよったが、しめておくことにした。なかにはいったのに消《き》えてしまったというのが、ゆうれいらしいだろうと思った。しめかけて思いなおし、なかのえさをはずしておくことにした。えさを食べて消えている、そのほうがいい。針金《はりがね》にひっかけられたえさは、ちくわのなかにキャットフードらしいものがつめられていた。団地《だんち》のノラネコにやると、よろこんで食べた。

2　シュンはプラタナスの根《ね》もとで

六年生のみんなは、運動場《うんどうじょう》や中庭《なかにわ》で弁当《べんとう》を食べている。

シュンはひとり、裏庭《うらにわ》のプラタナスの根《ね》もとにすわっていた。

きのうは社会見学《しゃかいけんがく》だった。バスに乗って歴史的《れきしてき》なお寺《てら》というものを見にいったのだ。弁当は自分で用意《ようい》をした。かつおぶしを入れたおにぎりを海苔《のり》で巻《ま》き、卵焼きをそえ、たくあんもつけた。問題《もんだい》はきょうだ。社会見学の予備日《よびび》だから給食《きゅうしょく》はないと先生がいったらしい。きいていなかった。弁当をもってくるはずの日だったのに、用意していない。

家が近くだから、先生に事情《じじょう》を話して食事《しょくじ》にかえることもできた。だが、先生がへんに気をきかせておおげさなことになるのではないかという気もした。

――シュンが弁当をわすれたぞ。みんなすこしずつわけてやれ。

そんなことになると最悪《さいあく》だ。そっとやりすごそう。一食や二食、ぬいたってどうということもないだろう。そう思った。

どこで時間をすごそうかとふらふら歩いていると、日《ひ》かげの裏庭《うらにわ》にはだれもいないことに気づいた。そういうわけで、プラタナスの根《ね》もとにすわっていたのだ。

ここにいると、どうしてもあの夜と、つぎの日の朝のことを思いだす。


つぎの日の朝、シュンは自分の席《せき》にすわり、本を読むふりをして三人を待《ま》っていた。岸《きし》がいちばんおそくきて、白井《しらい》の席のあたりに三人があつまる。岸が小声でふたりにささやくと、白井が大声をだした。

——なんだって？　戸《と》がしまっていたのに、いなかったって？

岸がなんどもうなずくのが横目《よこめ》で見えた。

——で、えさは？

三谷《みたに》がたずねるのに、岸はぶんぶんと左右に首を振《ふ》った。

——じゃあ、はいって、えさを食べて、戸《と》がしまったかごから……、消《き》えたのか……。

——ゆうれいネコ……。ほんものだったんだ。

と、白井がいった。

岸《きし》がつぶやいて、三人は顔を見あわせた。岸がつづけた。

——もしかしたら、そのネコ、見えなくなっただけで、まだ、かごのなかにいるかもしれない。

シュンはふきだした。三人がこちらを見た。シュンは本がおもしろかったふりをした――。

おなかがぐうっと鳴《な》った。無理《むり》もない。わるいときにはわるいことがかさなる。今朝《けさ》はいつもの時間に起きられず、朝食ぬきだった。

「おなかがすいた。」

と、声にだしていってみた。声にだすと気がまぎれるのではないかと思ったのだが、いよいよおなかがすいてきた。

そのとき、すぐ上のあたりから、声がきこえた。

「フジイ・シュン、そのままうごかないで。」

びくっとして、反射的《はんしゃてき》に見あげかけた。が、思いとどまった。

「だれ？」

シュンはうごかず、小声《こごえ》でたずね、目だけで上を見た。プラタナスの葉《は》と自分の前髪《まえがみ》しか見えない。声がこたえた。

「このまえたすけてもらったネコ。たすけてくれて、ありがとう。」

シュンは息《いき》をのんだ。そういわれるとあのときの声だ。やっぱり、しゃべっていたのだ。気のせいじゃなかった。プラタナスの、すぐ上の枝《えだ》にいるらしい。いやそれより、どうしてしゃべることができるのだろう。ネコの声はこうつづけた。

「フジイ・シュンはおなかがすいているのでしょ？」

さっきつぶやいたのをきかれた、と思った。

「まあ、ね。」

「一度の食事《しょくじ》で必要《ひつよう》な栄養《えいよう》と満腹感《まんぷくかん》がある〈ひとつぶ〉をあげる。目をとじて、手をだして。」

「え？」

どうしてこんなときに、そんなつごうのいい〈ひとつぶ〉が出てくるのかと、シュンは思った。思ったけれど、いわれたままに、水をすくう形の両手《りょうて》を前にだし、目をとじた。すると、その手のなかに、なにかがぽとんとおちてきた。

「目をあけて。」

いわれて目をあけると、ピーナッツほどの大

きさの黄色っぽいカプセルが、手のなかにあった。

「それを、牛乳《ぎゅうにゅう》びん一本くらいの水で飲《の》むと、一食ぶんになる。」

声にそういわれて、シュンはきゅうに不安《ふあん》になった。

「からかわれている……、ってことは、ないよね。」

「からかう？　たすけてくれたひとを、からかうって？」

きげんをそこねたような声に、シュンはあわてていった。

「きみがあの白いネコかどうか、わからないじゃないか。」

「めんどうなフジイ・シュンだな。すがたを見せれば信《しん》じる？」

「信じる。」

「じゃあ、立ちあがって、前に三歩すすんで、そのまま前を見ていて。」

シュンはいわれたとおりにした。ほんのすこし間《ま》があって、木の根《ね》もとあたりから声がきこえた。

「さあ、ふりむいて。」

いつのまに木の上からおりてきたのだろう。白ネコがシュンを見あげていた。

「これで信じた？」

いままできこえていたのとおなじ声が、たしかにネコからきこえる。たずねないではいら

れなかった。

「き、きみが、しゃべっているの？」

「わたしがしゃべってる。でも、もうこれからはしゃべらないよ。これで、借《か》りはかえしたから。」

白いネコは口をうごかしてそういうと、ふいと目をそらせ、ゆっくり歩きだし、あの夜のようにむこうへ行ってしまった。

校舎《こうしゃ》の裏庭《うらにわ》にぼんやりとつったって、木々の間をとおざかる白いネコを見おくっていると、いまあったことが夢《ゆめ》のように思えた。でも手のなかには〈ひとつぶ〉がある。ほんとうのことなのだ。

シュンはカプセルをにぎりしめ、水飲み場《みずのば》にむかった。

カプセルを口に入れ、水といっしょに飲みこむのには、多少《たしょう》の勇気《ゆうき》がいった。ちょっと高いところからとびおりるような気持ちで、飲んだ。

飲んですぐにはどうということはなかった。だが五分ほどすると、ほんとうに満腹感《まんぷくかん》がわきあがってきた。それだけではない。ハンバーグを食べたあと、としか思えないげっぷが出た。

なぜこんなものがあるのだ？　そもそも、あのネコは、どうしてしゃべることができるのだ？　わからないことばかりだった。


つぎの日の昼休《ひるやす》み、白井《しらい》たちと中庭《なかにわ》を歩いていたシュンは、とつぜん足をとめた。

「おい。きゅうにとまるなよ。」

うしろを歩いていた三谷《みたに》が、シュンにぶつかって、口をとがらせる。

「あ、失礼《しつれい》しました。」

シュンは中庭のほうを見たまま、ぼんやりとあやまった。

「失礼しましただってよ。」

三谷が岸《きし》にやれやれという調子《ちょうし》でいう。

「なにが見えるんだ？」

白井《しらい》がたずねた。

「あのクスノキ、幹《みき》のあたり、どうしてかすかにゆらめいて見えるのでしょうかね。」

白井がふきだし、岸がたずねかえした。

「なんだって？　ゆらめいて、っていった？」

シュンはクスノキを見たまま、うなずいた。

「夏のアスファルトの地面《じめん》などに、逃《に》げ水《みず》というのが見えるではありませんか。あれみたいに、かすかに幹がゆらめいているように見えません?」

三人もクスノキを見た。

「見えない。」

三人は声をそろえた。

「え? 見えません? かげろうのように、ゆれて……。」

「見えない。」

三人はもういちど、声をそろえた。シュンは三人を見た。それから目をこすって、もういちど見た。すっと見ただけではわからない。けれど、じっと見つめると、やはり幹《みき》のあたりだけまわりの景色《けしき》とはちがう。かすかにゆらいで見える。でも、こういった。

「ははは、よく見ると、ゆらめいてなんてぜんぜん見えません。」

「笑《わら》わせてくれるなあ。ほんとうに見えていたみたいにいうものなあ。」

と、白井《しらい》がいい、

「ほんとにへんなやつだな。おれたちには、シュンがゆらめいて見えるよ。」

と、岸《きし》がつづけた。

昼休《ひるやす》みがおわって運動場から教室にもどるとき、中庭《なかにわ》をもういちど通った。まちがいない。

クスノキの幹《みき》のあたりが、ほんのすこしだけゆらめいて見える。ほかのところを見てもそうは見えない。クスノキの幹のあたりをじっと見たときだけ、かげろうがたっているように見えるのだ。

このことは、白井《しらい》たちがいないときにゆっくりしらべてみよう、とシュンは思った。

いったん下校《げこう》したあと、シュンはもういちどひとりで学校にやってきた。

中庭《なかにわ》に行くと、やはりクスノキの幹《みき》のあたりが、かすかにゆれて見える。すこしはなれてまわりをまわってみた。地面《じめん》のあたりから二メートルくらいの高さまでの範囲《はんい》がゆらいでいる。

そのとき、スロープのほうから何人かの笑《わら》い声《ごえ》がのぼってきた。スロープをのぼるということは、かならず中庭にやってくるということだ。シュンは校舎《こうしゃ》と体育館《たいいくかん》の間を通って、裏《うら》庭《にわ》のほうに行った。やりすごしてから、もどってくるつもりだった。

裏庭に行くとプラタナスが目にはいる。

どきっとした。

プラタナスの幹《みき》も、かすかにゆらめいて見える。

まわりの木と見くらべた。まちがいない。まわりの木はくっきりと見える。プラタナスだけが、中庭《なかにわ》のクスノキとおなじように、わずかなかげろうをまとっている。

——これはいったい、どういうことだろう。

ゆっくりプラタナスにちかづいた。

——ゆらめいて見えるのは、幹《みき》から熱《ねつ》でも出ているのだろうか。

そう思って、シュンはプラタナスの幹に手をあてた。

びっくりして手をひいた。木の幹にさわった感じではなかった。でも、なにかにさわった感じはあった。いや、それよりも手のひらが幹にめりこんだように見えたのだ。

——まさか……。

もういちどたしかめることにした。ゆっくりと手のひらを幹《みき》にあてた。手のひらが木の幹をさわっているというよりも、水面《すいめん》に手のひらをつけているような感触《かんしょく》がある。痛《いた》みとか、いやな感じはない。思いきって、手を幹におしつけるようにした。なんの抵抗《ていこう》もなく、すっと、手首のあたりまでプラタナスの幹にはいりこんだ。あわてて手をひいた。手は、なにごともなく幹から出てきた。水面の感じがあったが、ぬれてはいない。

シュンはまわりを見まわした。裏庭《うらにわ》にはだれもいない。外の道路にもひとはいない。校舎《こうしゃ》の窓《まど》にもひとかげはない。

3　プラタナスのむこうの世界

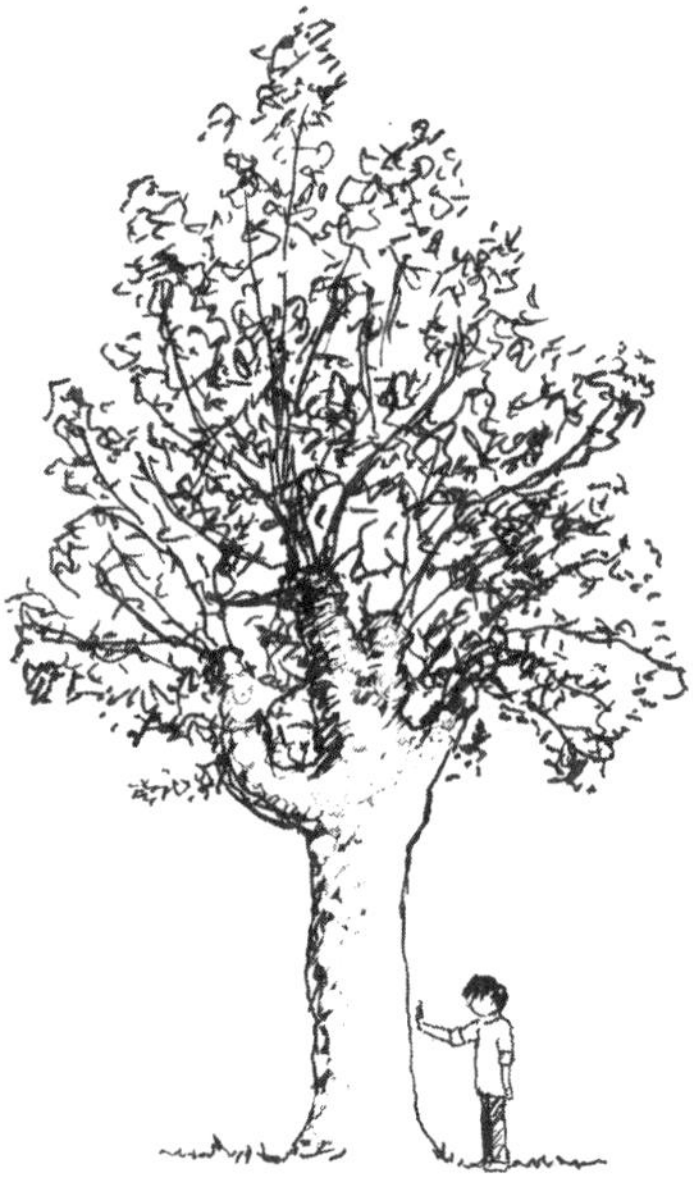

木のなかに手がはいる！

――これは、いったい、どうなっているんだ。

いまおこったことを、よく思いだしてみた。

――もっと深《ふか》く手を入れてみるか。

ゆっくりと肩《かた》のあたりまで、左手を入れてみた。すっとはいる。入れた手をうごかしてさぐってみた。なににもあたらない。

――もう、のぞきこむしかない。

まわりにひとがいないか、もういちどたしかめた。いない。それから、顔を幹《みき》にちかづけた。すぐ目の前に幹がせまってくると、さすがに目はとじた。すると、すうっと顔が膜《まく》のような面《めん》を通りぬける感覚《かんかく》があった。

ゆっくり目をあけた。

――おお……！

幹《みき》のなかにはいったつもりだったのに、まったくべつの世界に顔が出ていた。森《もり》だった。森のなかのすこしひらけたところだ。のびやかに枝《えだ》をのばし、若《わか》い葉《は》をしげらせた大きな木が、見通《みとお》しよく何本も立っている。ゆるやかな起伏《きふく》のある地面《じめん》はほとんどが枯《か》れ葉《は》におおわれていた。やや斜《なな》めにさしこむ光が、木々を照《て》らし、地面に木《こ》もれ日《び》をおとしている。遠くで鳥の鳴《な》き声《ごえ》がきこえた。美しい風景《ふうけい》だ。思わず、その世界に二、三歩ふみこんだ。

ふりかえると、シュンは大きなプラタナスの幹《みき》から、出てきたところだった。

――ええ？

小学校裏庭《うらにわ》のプラタナスの内側《うちがわ》にはいったその瞬間《しゅんかん》、べつのプラタナスの内側からこの世界に出てきたのだ。混乱《こんらん》する頭で、もどれるのかと不安《ふあん》になった。

――もどれなくなっていたらどうしよう。

胸《むね》をどきどきさせながら、いま自分が出てきたプラタナスの幹《みき》に、おそるおそる顔をつっこんでみた。すると、さっきまでいた桜若葉《さくらわかば》小学校の裏庭《うらにわ》が見えた。だれもいない。一歩ふみだすと、シュンは学校の裏庭に立っていた。校舎《こうしゃ》のかげになっているぶん、こちらのほうが暗《くら》く見える。

――すごいことになってきた！　中庭《なかにわ》のクスノキも、おなじことができるのだろうか。

シュンは走るように中庭《なかにわ》に行った。さいわいだれもいない。中庭をとりかこむ校舎《こうしゃ》にもひとがいない。そっと幹《みき》に手をかけてみた。プラタナスとおなじだ。手のひらに水面《すいめん》のような感覚《かんかく》があって、かすかに幹に手がしずみこむ。もういちどだれもこないかたしかめて、幹に顔をおしつけてみた。

顔がすっと通る。クスノキの幹の表面《ひょうめん》にうすい膜《まく》の感触《かんしょく》があり、べつの世界に顔が出た。いや、出たように思うのだが、白っぽくて、湿《しめ》った感じで、なにがなんだかよくわからない。しばらくながめて、ようやくそれが霧《きり》だと気づいた。どうりで湿っぽいはずだ。こんなところにはいったら、霧で道がわからなくなりそうだ。こちらには、はいっていく気分になれなかった。

そのとき校舎《こうしゃ》のほうから足音がきこえた。あわてて顔をもどし、なんでもなかったようすで、クスノキからはなれた。すると下校《げこう》の音楽が鳴りはじめた。

中庭《なかにわ》を出て、スロープをおりながら、シュンの胸《むね》はまだどきどきしていた。

——いったいどういうわけなんだろう。

あの〈ひとつぶ〉を飲みこんだからこんなことがおこっている、としか思えない。どうしてこんなことになるのか、白ネコにたずねてみたかった。木のむこうの世界がどういう世界なのか、それも白ネコなら知っているだろう。なにしろ、〈ひとつぶ〉をもらった場所がプラタナスの根《ね》もとだ。

――あ……！

なぜゆうれいネコなのか、シュンにはわかった。きっとむこうの世界にとつぜんはいりこむのだ。それで消《き》えたように思われるのだろう。もしかすると、プラタナスとクスノキのほかにも出入り口があるのかもしれない。


団地《だんち》の部屋《へや》にもどってはみたが、まだ空は明るかった。その空を見ていると、

――あの世界には、もう行けないんじゃないか。

という考えが、とつぜんうかんだ。

――さっきは、せっかく行けたのに、どうしてあんなにあっさりもどってきたのだろう。あの世界をもっとよくながめたり、歩きまわったりすればよかった。

そう考えると、もういちど、プラタナスのむこうの世界へ行けるかどうか、ためしてみたくてたまらなくなった。もう部屋でじっとしてはいられない。

シュンはまたでかけることにした。

小学校の北校舎裏《きたこうしゃうら》の通りを二度ばかり行ったりきたりして、ようすをうかがった。中学校

のグラウンドからは野球部《やきゅうぶ》の声がきこえている。でもフェンスぎわにはひとかげはない。道にも小学校の裏庭《うらにわ》にも校舎《こうしゃ》の窓《まど》にも、だれのすがたもない。シュンはフェンスの破《やぶ》れ目《め》から裏庭にはいりこんだ。

目をこらしてプラタナスの幹《みき》を見る。まだゆらいで見えている。ゆらいで見えることが、むこうに行ける条件《じょうけん》のように思えた。幹にちかより、そっとさわってみる。手が幹にはいりこむ。だいじょうぶだ。

もういちどまわりをたしかめてから、ゆっくりプラタナスの幹にはいりこむ。同時《どうじ》にむこうの世界のプラタナスの幹から、からだが出た。水面《すいめん》のような膜《まく》を通りすぎる感じも、さっきとおなじだ。

——おお!

美しい夕焼《ゆうや》けに、シュンは息《いき》をのんだ。ひかれるように森《もり》のなかに歩みでた。そしてまわりを見まわした。いまシュンが出てきた大きなプラタナスが、若々《わかわか》しい葉《は》をつけ、夕日を赤く照《て》りかえして、どうどうと立っている。学校のプラタナスのように枝《えだ》を切られていない。のびのびとしている。

いままで自分がいた世界では、夕方だったけれど空は赤くなかった。べつの場所なのだ。

——じゃあ、ここはいったいどこなんだろう。日本?　外国?

桜若葉《さくらわかば》小学校とはべつの場所、ということしかわからなかった。それがふたつのプラタナスでつながっているらしい。

プラタナスからはなれすぎないように、そのあたりを歩いてみた。ときおり、鳥の鳴く声がきこえる。そのほかにきこえるのは、背《せ》の高い木の間を吹《ふ》きぬける風がたてるかすかな葉のざわめき、そしてシュンが枯《か》れ葉《は》をふむ音だけだ。

――ここは、ぼくだけの場所だ。

そのあたりを歩けば歩くほど、この森のなかの見通《みとお》しのいい林がすきになってきた。どれだけの時間を歩きまわったのだろう、気がつけば、空が暗《くら》くなってきている。もしあしたもここにくることができたら、もっと遠くまでしらべてみよう。

もどろうとしてプラタナスから顔をだして、どきっとした。すぐ目の前に、用務員《ようむいん》さんが一輪車《いちりんしゃ》をおしていくうしろすがたがあったのだ。もうすこしはやく顔をだしていれば、叫《さけ》び声《ごえ》をあげられるところだった。用務員さんが見えなくなるまで、シュンは待《ま》った。

プラタナスの四方《しほう》からそっとのぞきこむ。まわりに完全《かんぜん》にだれもいないことをたしかめて、一歩ふみだす。

するともう、小学校の裏庭《うらにわ》に立っていた。

つぎの日の昼休《ひるやす》み、シュンは三人組から逃《に》げそこねた。

「シュン、きょうはいつも以上にへんだぞ。授業中《じゅぎょうちゅう》、見てたんだけど、ぼうっとしながら、ときどきにやにやするんだからな。」

と、白井《しらい》がいった。

「そんなことをしていましたかねえ。」

とシュンがこたえると、岸《きし》がすかさずいった。

「森《もり》のことでも考えていたんじゃないか？」

岸のことばに、シュンはびっくりした。どうして知っているんだ、きみも行ったことがあるのかと、目を大きくして岸の顔を見ると、岸のほうがおどろいた。

「え？　ほんとうに考えていたのか。森美羽《もりみう》のこと。」

——モリ・ミウ？

きょとんとしたあと、とつぜんシュンはふきだした。

いつまでも笑《わら》うシュンを、あきれたように三人は見た。

「シュンのへんも、きわまったな。」

と、三谷《みたに》がいった。

授業《じゅぎょう》がおわったあと、学校中の木をながめてまわった。ほかの木はゆらめいて見えなかったし、かるく手をふれてみても、指《ゆび》が幹《みき》にはいりこむようなことはなかった。

その日の夕方《ゆうがた》、むこうの世界に行くと、きのうシュンが歩いたところだけ落《お》ち葉《ば》がみだれていた。ここにはだれもいないのだろうか。

きょうはもっと遠くまで歩いた。プラタナスを中心に半径《はんけい》五十メートルくらいは歩きまわった。ありがたいことに、このあたりにはプラタナスはこれ一本だ。それに高いところに葉《は》がある木ばかりで、見通しがきく。すこしはなれても、このプラタナスがもどってくる目《め》印《じるし》になる。

あたりはゆるやかな谷《たに》のような地形《ちけい》だった。起伏《きふく》はあるが、ずっとおなじような景色《けしき》がつづいている。浅《あさ》い川が一本あった。川の両岸《りょうぎし》がけずれてところどころに岩が出ていたり、石がころがっていたりするのをみると、ときには深い流れになるのだろう。そのあたりでいちばん多い種類《しゅるい》の木は、ヤモリの手のひらのような形の葉《は》で、白く盛《も》りあがった花のかたまりがいっぱいついている。よくおぼえておいて、あとでしらべることにする。

もっと遠くまで歩くとちがう風景《ふうけい》になるのだろうが、かえってこられなくなるとまずい。

きょうはこのあたりできりあげようと思った。そのときだ。

川岸《かわぎし》の大きな岩のむこうで、なにかがうごいた。

シュンは近くの木の幹《みき》にかくれて、そのあたりをじっと見た。それから、小学校の校舎裏《こうしゃうら》につながるプラタナスまでの距離《きょり》を目ではかった。もしも危険《きけん》な動物だったら逃《に》げなければならない。

気のせいだったのだろうか、と考えはじめたとき、それがもういちどあらわれた。

――なんだ、風に吹《ふ》かれたビニール袋《ぶくろ》か……。

と、笑《わら》いかけて、息《いき》をのんだ。ビニール袋ではない。見たことがないものだった。ランドセルほどの大きさで、ほぼすきとおっていて、ふわふわ浮《う》いている。風に吹かれてただよっているだけではなく、からだの下のほうのひらひらしたところをうごかして移動《いどう》しているのだ。

――クラゲだ。

シュンは水族館《すいぞくかん》で見たのを思いだした。でも、クラゲが浮いているのは水中《すいちゅう》だ。これは空《くう》中《ちゅう》に、風船《ふうせん》のように浮いている。

とつぜん、それがシュンに気づいた。瞬間《しゅんかん》、ぽっちりとした目と口が見えた。シュンが逃《に》げだそうとするよりはやく、クラゲみたいなやつがゆらゆらと逃げだした。

危険《きけん》なやつではなかったようだ。

ここはいったいどういう世界なんだ、と思って、あのしゃべる白ネコが自由《じゆう》に出入りしているらしい世界だったことを思いだした。

なにがあるかわからない。とにかく用心《ようじん》したほうがいいだろう。

もとの世界にもどったあと、図書館《としょかん》に行った。

どんな本にも空中《くうちゅう》を飛ぶクラゲのような生き物はのっていなかった。あのあたりに多くあった木の特徴《とくちょう》もしらべた。こちらはあった。どうやらトチノキという木らしい。

つぎの日は土曜日で学校が休みだった。せっかくの休日だから、一日中プラタナスのむこうの世界ですごしたいところだが、土曜日の昼間《ひるま》はお父さんといっしょに掃除《そうじ》や洗濯《せんたく》をすることになっている。夕方、お父さんがでかけてからむこうへ行った。
その日は、さらに遠くまで歩いた。川があるのがありがたかった。川沿《かわぞ》いに歩けばまようということがない。プラタナスから二百メートルほど上流《じょうりゅう》に、石でできた古い橋《はし》があった。
ひとがいるんだ、と思った。けれど、橋の上には枯《か》れ葉《は》が自然《しぜん》にふりつもっている。
ここまで川沿《かわぞ》いに歩きながら川のむこうの森《もり》を見て、こちら側《がわ》と感じがちがうなと思っていた。橋の前に立ってみると、それがよくわかる。橋のむこうにひろがっている森にくらべれば、こちら側の森にはひとの手がはいっている感じがある。そう思ってふりかえると、トチノキの森には、それほど太くない切《き》り株《かぶ》があるのに気づいた。それもあちこちにある。日の光がはいるように切られているのだ。薪《まき》につかわれているのかもしれない。くらしているひとがいるのだ。

橋《はし》のむこうにも道がつづいているように見える。が、若《わか》い木や草がはえていて、この道は長いあいだ利用《りよう》されていないようだ。

きのうのクラゲのようなものは、もう出てこなかった。


日曜日の昼間《ひるま》は雨がふった。こちらの世界で雨がふっているとき、むこうの世界ではどうなのだろうと思った。お父さんがでかけ、夕食をすませると雨があがったので、念《ねん》のためにレインコートと長靴《ながぐつ》というかっこうで、むこうの世界へ行ってみた。

するとむこうも雨上《あめあ》がりだった。雨はこちらの世界よりもたくさんふったようだ。川の水がずいぶんかさをましている。空はあつい雲におおわれていてうす暗《ぐら》い。まだふるのかもしれない。空気もなまあたたかく、湿《しめ》っている。

きょうは、橋《はし》のむこうへ行ってみることにした。

一歩一歩たしかめながらわたった。橋はじゅうぶんしっかりしている。橋をわたって、ふりかえり、ふりかえり景色《けしき》をおぼえながら先へすすむ。しばらく歩くと、すこし道からそれたあたりに、いままでと感じのちがうところがあった。いちだんと草や木がよくしげっている。しかも緑《みどり》が濃《こ》い。背《せ》の高い木もあるが、低いしげみが見通しをさえぎっている。しげみをまわりこむと、教室ほどの広さのすこしくぼんだところがあった。雨水はたまっていない。まわりは大きくそだった木がとりかこんでいて、それがぎっしりと葉《は》をしげらせている。ただでさえ曇《くも》り空《ぞら》で、そこに、この葉のしげりようだから、広場《ひろば》はさらにうす暗《ぐら》い。その暗さのなかに、ぼうっとひかるものが、何本も立っていた。

——なんだろう。

はじめて見るものだった。タケノコのような形をしていて、高さはシュンのひざほどもある。ぼろぼろのひもがいっぱいはりついた感じで、その全体が黄緑色《きみどりいろ》をおびてひかっている。それが十本以上あった。

地中《ちちゅう》から自然《しぜん》のものがはえてきたようだ。図鑑《ずかん》で見たキノコのカサだったか柄《え》だったか、こういう表面《ひょうめん》をしたものがあったのを思いだした。キノコ、ということばが頭にうかんだとたんに、それがひかっていることとむすびついた。

——ヒカリキノコの一種じゃないかな。

それにしても大きい。

とにかく、空中《くうちゅう》のクラゲといい、タケノコのようなヒカリキノコといい、この世界はふしぎで満《み》ちているようだ。

シュンは、毎日《まいにち》、プラタナスのむこうの世界をたのしんだ。天気のいい日など、むこうへ行って寝《ね》ころんでいるだけで、しあわせだった。はじめのうちは、きょうも行けるだろうかと不安《ふあん》な気持ちがあった。けれど、一週間が過ぎ、二週間が過ぎ、すると、むこうの世界へ行けることがあたりまえに思えてきた。

クラゲにはもうあわなかったが、ヒカリキノコのほうは、日に日に大きくなった。もうシュンの腰《こし》ぐらいまでのびている。それにあわせて太さも増《ま》した。いったいどれほど大きくなるのか、それもたのしみだった。

休み時間の教室で、

「このごろ、シュンはかわったよな。」

と、三谷《みたに》が白井《しらい》にいっているのが、シュンの耳にきこえた。

「ああ、なんか、ゆうれいのようなへんが、うきうきしたへんになったな。」

と、白井がこたえていた。

4　この世界のあたりまえ

そんなある日の夕方《ゆうがた》、とつぜんむこうの世界で白ネコにであった。

プラタナスの幹《みき》から森《もり》に出ると、二、三メートル先にいた。シュンがあらわれたのを見て逃《に》げだすでもなく、まるでシュンのことを待《ま》っていたように、足をそろえてすわって、こちらを見ている。

シュンにはききたいことがいっぱいあった。だから、どこかへ行ってしまわないまえにと、あわてていった。

「あの、きみはもうしゃべらないといっていたけど、ぼくには教えてほしいことがいくつもあって……。ここはいったい、どういうところなの？　それから、あの〈ひとつぶ〉を飲んだせいで、ぼくはここにやってこられるのかな？　ネコのきみがどうしてしゃべれるんだろう。それから、そう、あの〈ひとつぶ〉をくれたとき、ぼくの手にカプセルをおとしてくれたけど、ネコの手でどうしてカプセルを持つことができたのかな。」

ひっしにたずねるシュンをまっすぐ見ていた白ネコは、やれやれ、というように肩《かた》の力をぬいた。

「あの……、もしできればこたえてほしいんだけど……。」

白ネコはシュンを斜《なな》めに見あげると、腰《こし》をあげ、ゆっくり歩きだした。ついてこいといっているのかどうかわからなかったけれど、シュンはついていった。

小川《おがわ》の岸辺《きしべ》あたりで白ネコは立ちどまり、斜面《しゃめん》につきでた石をあごでしめすような動作《どうさ》をした。これも、すわれといっているのかどうかわからなかったが、シュンはその石にすわった。ネコはすこしはなれた石にひょいととびのって、腰をおろした。

「もうしゃべらないといったのは、取《と》りけす」と、ネコがいった。「理由《りゆう》は、フジイ・シュンがこちらの世界にやってこられるようになったから。あの〈ひとつぶ〉のせいで、フジイ・シュンはこちらの世界にこられるようになってしまった。」

「なってしまった……？」

「わたしをたすけてくれたフジイ・シュンがおなかをすかせていたから、恩返《おんがえ》しに〈ひとつぶ〉をあげた。そのときは、そのせいでこちらの世界にこられることになるなんて知らなかった。知っていればそんな恩返しはしなかった。」

そうだったのか、とシュンはゆっくりうなずいた。

「あの、ぼくのこと、フジイ・シュンって呼《よ》んでるけど、シュンだけでいいよ。」

白ネコは首をまわしてシュンを見た。

「あの夜、『ぼくは六年一組のフジイ・シュン』っていった……。」

たしかにいった。ネコをたすけたときのことを思いだした。ずいぶんまえのような気がする。名前のことはいいか、と思った。

「あのう……、きみは、どうしてしゃべることができるんだろう。」

いちばんはじめに疑問《ぎもん》に思ったことを、たずねた。

「フジイ・シュンはどうしてしゃべることができる？」

たずねかえされて、こたえた。

「それは……、しゃべるひとたちのなかでそだてば、たいていのひとはしゃべるようになるんじゃないかな。」

「フジイ・シュンの世界のあたりまえ？」

「うん。」

「じゃあ、わたしがしゃべるのは、この世界のあたりまえ。フジイ・シュンの世界とここでは、あたりまえがちがう。この世界、サクラワカバ島は……。」

「ここは島？」

「そう、島。」

「サクラワカバ島……！」

「そう、サクラワカバ島。サクラワカバ島は、桜若葉《さくらわかば》小学校とふかい関係《かんけい》にある。」

なんとおどろいた話だ。

シュンは大きく息《いき》をついた。

もしもネコがしゃべったのではないなら、そんなばかな話があるものか、と笑《わら》うところだ。が、なにしろネコがしゃべっているのだ。それもプラタナスを通りぬけた世界で。すこし頭がくらくらする。

「つづきは、あした。ここで。」

と、ネコがいった。

つぎの日、森《もり》の小川《おがわ》にシュンが行くと、白ネコが乗っていた石に、ひとがすわっていた。ジーンズに草色《くさいろ》のトレーナーすがたで、茶色っぽい髪《かみ》の毛《け》がふわふわしている。女の子のようだった。ネコにあいにきたのに、めんどうなことになりそうだなと思った。

足音に気づいて、その子はふりむいた。目がはっきりした子だった。シュンはきゅうにどぎまぎした。こんなところで同《おな》い年《どし》ぐらいの女の子、しかもかわいい（と、シュンは思った）女の子とふたりきりなんて、どうしたらいいんだろう。その子はじっとシュンを見ている。シュンはまわりを見まわした。ネコは見あたらない。しかたがない。思いきって、声をかけた。

「あ、あの……、あのですね、白いネコが、こ、このあたりにいなかったでしょうか。」

すんなりと話せないのが、われながらなさけない。

「ネコのほうが、いい？」

と、女の子はいった。その声をきいて、シュンはおどろいた。

「き、き、き、きみ……、し、白ネコ……、ですか？」

シュンはまじまじと、目の前にすわっている女の子を見た。

「フジイ・シュンはひとのすがたしかできないひと。わたしはネコのすがたとひとのすがたができるひと。」

ふつうのひととおなじに口がうごいて、声が出てくる。胸《むね》がもっとどきどきしてきた。

「ネコがしゃべったときより、ひとがしゃべったときのほうがおどろいているみたい。」

女の子は冗談《じょうだん》のようにいったが、シュンはゆっくりなんどもうなずいた。

「……おどろきました。」

ようやく、そういえた。

——ほんとうに、きのうの白ネコかな……？

という疑問《ぎもん》がふいにうかんだ。たしかに声はそっくりだ。けれど、変身《へんしん》するところを見たわけではないのだ。シュンはいってみた。

「あのう、もしよければ、ネコにかわるところを、ですね、見せてもらえないでしょうか？」

女の子はすこし眉《まゆ》をよせた。

「まず自己紹介《じこしょうかい》とか、あるんじゃない？」

ああそうか、とシュンはうなずいた。

「あの、ぼくは、むこうの世界の……。」

と、いいかけるシュンを、女の子はさえぎった。

「そんなことは三週間もまえ、わたしがネコのときにいってくれた。まだなのはわたしの白己紹介。わたしの名前も知らないでしょ。」

「ああ、きみの……。」

シュンはこくこくとうなずいた。

女の子は石から立ちあがって、シュンの正面《しょうめん》に立った。シュンはほおが熱《あつ》くなった。どぎまぎしながらも、ぼくのほうがすこし背《せ》が高いな、と思った。

「わたしの名前はエリ。ひつじ亭《てい》のエリ、と呼《よ》ばれてる。ひつじ亭はこの山をくだったふもとにある料理《りょうり》と宿《やど》の店。わたしのお母さんの妹、ハルおばさんがやってる。お父さんもお母さんもずっとでかけているから、わたし、そこにすんでるんだ。だから、ひつじ亭のエリ。こちらにも小学校はあって、わたし、フジイ・シュンとおなじ六年生。わたしのことはエリと呼んで。」

はきはきといわれて、シュンはおされ気味《ぎみ》にうなずいた。

「あ、ああ、エリ、はい。あの、よろしく。」

エリが石にすわったので、シュンもきのうの石に腰《こし》をおろした。

「学校がある日は、朝《あさ》ごはんと晩《ばん》ごはんはひつじ亭《てい》で食べるけれど、昼は学校の給食《きゅうしょく》ということになってる。でも、わたし、ときどき学校をぬけだしてむこうの世界をのぞきにいく。ネコになって。すきなんだ、むこうの世界を見るの。そんなときは給食がないから、すきなときに食事ができるように、あんな〈ひとつぶ〉を持ってる。」

エリはあの〈ひとつぶ〉を、ひとのすがたで飲むんだろうな。そう思ってわかった。

「ぼくに〈ひとつぶ〉をくれたときは、ひとのすがただったから、カプセルをにぎることができた。で、すがたをかえて、ネコになって出てきた……。」

「そう。」

「すぐに出てこられなかったのは、すぐにすがたをかえられないから？」

「すがたはすぐに……、かえられる。」エリはそこでうつむいた。「あの……、わたし……、ひとまえですがたをかえるのって、すきじゃないんだ。」

はきはきと話していたのがきゅうに歯切《はぎ》れがわるくなったので、シュンのほうがあわててしまった。

「あ、その、初対面《しょたいめん》だし、べつに、どうしても変身《へんしん》するところを見たいってわけじゃないですから……。」

考えてみれば、全身《ぜんしん》を着《き》がえるようなものだ。見せてほしい、などとあつかましいことをいってしまったのだ。きっと。

しかし、エリは首を振《ふ》った。

「でも、見てもらったほうがいいから……、その、ここでの〈あたりまえ〉を。かわるよ。」

エリはほおを赤くして、シュンから目をそらせ、しゃがみこんだ。それと同時《どうじ》にからだがちぢんだ。つぎの瞬間《しゅんかん》には、白ネコが、服《ふく》からするりとぬけだしていた。

「わあ！」シュンは思わず声をあげた。「すごい！」

「おどろいた？」

服からぬけだしたネコは、しゃべることをべつにすれば、鼻《はな》の先からしっぽの先までネコだった。その白ネコが、じっとシュンを見ている。はっきりした目が、ひとのすがたのときとおなじ光りかただ。

「すごい……。魔法《まほう》みたいだ。」

シュンはようやくそういえた。

「いやじゃない？　気味《きみ》がわるいとか……。」

ネコはまだシュンを見つめている。

「ぜんぜん！　うらやましいくらい。ぼくもできればいいのに。で……、ネコのときでも、名前はエリ？」

「あたりまえ。」

地面《じめん》にぐしゃぐしゃになった草色《くさいろ》のトレーナーとジーンズそして靴《くつ》と靴下《くつした》がころがっている。エリはシュンの視線《しせん》に気づいて、いった。

「カメレオンだったら、服《ふく》ごと変身《へんしん》できるんだ。おじさんも、ハルおばさんも、ハルおばさんのふたりの子も、みんなカメレオンなのに。」

「エリだけ、ネコとひと……？」

「わたしのお父さんはフジイ・シュンとおなじ、むこうの世界からやってきた、ひとのすがたしかできないひと。」

むこうの世界からやってきた……。そんなひともいるんだ、とシュンは思った。

「わたしのおばあさんがネコとひとで、お母さんもネコとひと。で、わたしもネコとひと。」

ふうん、とシュンはネコを見た。


小学校の裏庭《うらにわ》から道路に出て、シュンは大きく息《いき》をついた。女の子とふたりきりでこんなに長く話したのははじめてのことだ。暗《くら》くなりはじめた道を歩きながら、シュンはエリのはっきりした目を思いだした。

5　カメレオンのレオン

つぎの日の夕方《ゆうがた》、エリは女の子のすがたで待《ま》っていた。

「わたしのお母さんとハルおばさんには弟がいて、そのひとがカメレオンっていったでしょ。職業《しょくぎょう》は探偵《たんてい》。それも、こちらの世界とあちらの世界のあいだでおこったことをあつかう探偵。おじいさんもおなじしごとだった。カメレオンだから便利《べんり》。なんにだってなれる。」

「なんにだって……？」

「そう、テントウムシにも。」

テントウムシ？　あんなに小さいものに……？　エリはつづけた。

「わたし、フジイ・シュンにたすけられて……。ほら、あのとき、とっても熱心《ねっしん》に話しかけてくれたでしょ。」

それはひっかかれないためにです、といいそうになったが、シュンは思いとどまった。

「はじめてだったんだ。うちのひとじゃないだれかが、あんなに熱心に話しかけてくれたの。

で、その、あんなに熱心に話しかけてくれたあの子は、いったいどんな子だろうって思った。

それで、おじさんに、あ、名前はレオン。」

「カメレオンのレオン……。」

「そう、カメレオンのレオン。おじさんはひつじ亭《てい》に部屋《へや》を借《か》りてすんでいるんだ。『あちらの世界で六年一組のフジイ・シュンって知ってる？』ってたずねてみた。レオンは『ああ、すこしかわった話しかたをする子だな』って、いった。

ね、フジイ・シュンは、わたしがネコのときのほうが、らくに話していない？」

そういわれてシュンは、そうかもしれない、と思った。

「う、うん……。」

「いつもネコだと思って、しゃべってくれていいよ。」

「あ、はい、心がけます。……心がけるよ。」

エリはうなずいて、話のつづきをはじめた。

「レオンは『そのフジイ・シュンがどうしたんだ？』ってたずねた。『いや、ちょっと気になって、どんな子かなと……』なんてごまかしていると、レオンはどう思ったのか、『ちょうどいまひまだから、しらべておいてやるよ』なんていいだしたんだ。

で、レオンはほんとうにしらべてくれた。わたしが思ったよりもずっとくわしく。六日後《むいかご》、

『このあいだのこと、報告《ほうこく》する』っていったんだ。

どうやってしらべたのかたずねたら、まず夜の職員室《しょくいんしつ》にしのびこんで、成績表《せいせきひょう》とかいろいろしらべたっていうんだ。そんなことまでするなんて思わなかった。ごめんね。」

「いや、いいよ。」

「よくないと思うよ。」エリはつづけた。「成績はわるくない。とくに国語と図工がいい。住所は桜若葉団地《さくらわかばだんち》の二号棟《ごうとう》、五〇三号室。お父さんとふたり暮《ぐ》らし。」

「そうそう。」シュンはうなずいた。

「そうそうじゃないんだけどな。レオンは先生の机《つくえ》の上をしらべているうちに、とても便利《べんり》なものをみつけたんだって。」

「なに？」

「先生の机の上につんであった〈自伝《じでん》〉。」

「ああ、なるほど……。自伝、書いたなあ。」

「なるほどって……。かってに見るなって、おこるところでしょ。」

「いや、読まれていやなことは書いていませんから。」

エリは眉《まゆ》をあげてシュンを見てから、つづけた。

「〈自伝《じでん》〉でわかったのは、フジイ・シュンがわたしより一か月はやく生まれたこと。

フジイ・シュンが三歳《さい》の春、お母さんがとつぜんの病気で亡《な》くなったこと。

四年生になるまでは、お父さんの妹にそだてられたこと。

毎日《まいにち》のように図書館《としょかん》にかよったこと。よく読んだのは、図鑑《ずかん》、冒険《ぼうけん》の物語、そして料理《りょうり》の本。

四年生の夏に、お父さんの会社がつぶれたこと。

会社と家を処分《しょぶん》して借金《しゃっきん》をかえし、ふたりは桜若葉団地《さくらわかばだんち》にうつったこと。

お父さんは、友だちの紹介《しょうかい》で、タクシーの運転手《うんてんしゅ》をはじめたこと。

フジイ・シュンはまえにいた小学校とはとなりの校区、桜若葉小学校に転校《てんこう》したこと。

お父さんのしごとの時間が、夜になったこと……。」

エリはそこで、ことばを切った。〈自伝《じでん》〉もそこまでだったのだ。

「それ、よくおぼえていましたねえ。」

エリはうなずいた。

「レオンから報告《ほうこく》をきいたのは、桜若葉小学校の六年生が社会見学《しゃかいけんがく》にいった日。で、レオンの報告の最後《さいご》は、つぎの日のお弁当《べんとう》のことだった。

『天気がよかったから社会見学はあったけれど、もし雨だったら、見学は翌日《よくじつ》になるはずで、そのために二日間給食《きゅうしょく》がとめられているんだ。だから二日目も弁当がいる、と先生が話したとき、フジイ・シュンはべつのことを考えている顔をしていた。だからあすは弁当《べんとう》をわすれるんじゃないかな。』そうレオンはいったんだ。」

「ああ、だから、〈ひとつぶ〉をくれた……。」

「そう。恩返《おんがえ》しのチャンスがきたと思ったから……。かってに成績表《せいせきひょう》や〈自伝《じでん》〉をのぞいて、ごめんなさい。」

エリは頭をさげた。シュンはふしぎな気持ちだった。じぶんのあれこれをのぞかれていたのだから、怒《おこ》ってもいいところだ。ところがなぜか、腹《はら》が立たなかった。

「怒らないの……？」

エリはいまさらのように、シュンを見た。シュンはべつのことをたずねた。

「あのう……、おととい、エリはぼくをプラタナスの前で待《ま》っていたでしょう？　どうして、待っていてくれたんだろう。というか、ぼくがここにきていることをどうして知っていたのかな。」

「レオンが教えてくれたんだ。フジイ・シュンがこちらにきているって。レオンは知り合いのリククラゲに、だれかがむこうからきているって、教えてもらったらしい。」

「リククラゲ？　それ、もしかして、ランドセルくらいの大きさで、すきとおっていて、ふわふわしてるの？」

「そう。だから、このあたりで通路《つうろ》といえばあのプラタナスだから、そこでレオンがテントウムシになって見はっていると、シュンがあらわれた。びっくりしたっていってた。

わたしもきいてびっくり。どうしてこちらにやってこられたんだろうって思った。で、レオンはわたしとフジイ・シュンとのあいだでどんなことがあったのかぜんぶききたいっていったから、つかまったときのことからずっと話したんだ。そしたら、きっとカプセルのせいだっていわれた。こちらのものを食べると百日ぐらい、こちらにくることができるんだって。」

百日……。まだ、だいじょうぶだな、とシュンは心のなかでうなずいた。

「で、レオンは、フジイ・シュンがこちらにきたのはわたしのせいだから、わたしがなんとかしなくちゃいけないっていったんだ。」

「なんとかする……？」

「それはね、いままでにむこうからこちらにきたひとのなかには、心をみだして不幸《ふこう》になるひとがいたってこと。こうやって森のなかにひとりでいるならどうってことないんだけど、こちらのひとたちにであうと……。だって、むこうとはずいぶんちがうでしょ。ネコがしゃべるとか、カメレオンがひとやテントウムシになるとか……。そういうことが、どうしてもうけいれられないひとは、心をみだすらしい。だから、フジイ・シュンが心をみださないかどうか、わたしに見きわめろって、そうする責任《せきにん》があるって、レオンがいったんだ。」

「心をみだしたら、どうするのでしょう?」

「百日間、通路《つうろ》をとじるんだって。そうすればやってこられなくなる。そうすれば、あれは夢《ゆめ》だった、ほんとうにはなかったと思うようになるって、レオンはいってた。

とにかく心をみだすひとがいるから、むこうでは、この世界のことをだれにでもいってしまわないほうがいいんだって。」

「ああ、それでエリは、変身《へんしん》するのがいやじゃないかって、いっていたわけですね。そうか……、責任《せきにん》があるっていわれたから、あらわれた……。」

「責任っていわれなくても、フジイ・シュンがこちらにきているって知れば、あらわれたって思うよ。」

まあいいか、とシュンは思った。

「責任《せきにん》っていうなら、さんざんしらべたレオンにもあるのじゃありませんか。」

「レオンもそういった。だから、見きわめるのはてつだうって、いった。」

「てつだう?」

「ようすをうかがっているはず。」

「えぇ?」シュンは思わず大きい声をだした。「あの……、いまも? ようすをうかがっているの?」

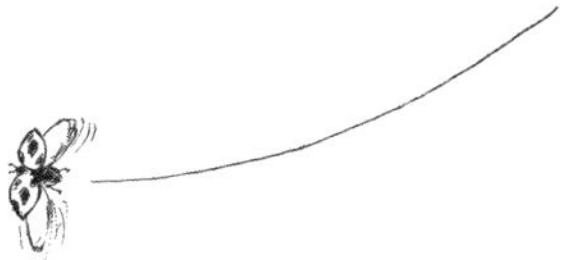

エリはまわりを見まわした。「どこかでね。あいたい？」

「あいたい……。」

エリもレオンがどこにいるのかわからないようで、どこへともなく呼《よ》びかけた。

「レオンおじさん、出てきて。」

ひと呼吸《こきゅう》、ふた呼吸、ためらうような時間があってから、どこからともなく小さな虫があらわれ、ふたりのまわりをぶうんと飛んだ。

「あ、テントウムシ。」

と、シュンがつぶやいた。小さな虫が地面《じめん》にまいおりると、むくむくとふくれあがり、帽子《ぼうし》をかぶってコートを着《き》たひとりの男が出現《しゅつげん》した。

「うわぁ……！」

シュンは思わず立ちあがった。

――じゅうぶん心がみだれるなあ。

と、シュンはどきどきしながら、そのみだれた心のなかでつぶやいた。

男はエリを横目《よこめ》で見て、ふうとため息《いき》をついた。

「ぜんぶしゃべっちゃったんだな。それに、ぼくを呼《よ》びだすなんてきいていないぜ……。」

それからシュンにむきなおり、帽子《ぼうし》に手をやって、頭をさげた。帽子とコートを見て、すこしむかしの物語に出てくる探偵《たんてい》のスタイルだと、シュンは思った。そういえば、どことなくカメレオンを思わせる目をしている。

「レオンです。むこうとこちらにかかわる探偵をやっています。」

「フジイ・シュンです。」

シュンもそういいかけたが、レオンがさえぎった。

「ああ、ぞんじております。そのせつは、失礼《しつれい》ながらかってに調査《ちょうさ》させていただきました。ごめんなさい。」

頭をさげられると、シュンはどういっていいのかわからず、

「あ、いや、調査のことは、もういいです。それほど気にしていません。気にしていないというより、おかげでこちらにこられるようになったので、ありがたいくらいです。」

ほんとに信《しん》じられない、とエリが首を振《ふ》った。

6　ひつじ亭《てい》のオムライス

つぎの日、エリはシュンをひつじ亭《てい》につれていった。

川に沿《そ》って坂道《さかみち》をおりていくと、なだらかな林があり、林をぬけるとひつじ亭が見えた。それは丘《おか》のふもと近くで、そのひつじ亭をすこしくだると町がはじまる。町のあたりからむこうは霧《きり》がおおっていた。冬から六月にかけ、港《みなと》から町まではよく霧が出るのだそうだ。けれどひつじ亭までは霧はやってこないという。

「晴れている日に、海から霧《きり》がはいのぼってくるのを見るのって、おもしろいよ。」

と、エリはいった。見てみたいものだとシュンは思った。

ひつじ亭《てい》は一階《かい》が食堂《しょくどう》と家族《かぞく》の住居《じゅうきょ》、二階が宿《やど》で四部屋《へや》の客室《きゃくしつ》がある。そのうちのひと部屋にレオンがすんでいるらしい。

エリの声がきこえたのか、入り口までハルおばさんとふたりの子がむかえに出てきた。ハルおばさんは元気そうなひとで、シュンにすてきな笑顔《えがお》を見せた。

「レオンとエリにきいているよ。むこうからきたひとを見るのはひさしぶり。ゆっくりしていって。さあ、あんたたちもごあいさつしな。」

「こんにちは」とあいさつしたのがお姉さんのレオネッタで、

「こんにちは。エリをたすけてくれたんだよね。レオンにきいたよ」といったのが弟のレオーネだった。

この親子《おやこ》がカメレオンで、変身《へんしん》できるんだな、と思いだしながらシュンはあいさつした。

「たすけてくれたって？」

ハルおばさんが首をかしげると、エリがすばやくいった。

「わたしをつかまえようとしてるひとがいるって、フジイ・シュンが教えてくれたんだ。」

いったあとで、ちらっとレオーネをにらんだ。ハルおばさんは眉《まゆ》をよせて首を振《ふ》った。

「そんなひともいるんだから、気をつけなくちゃいけないっていってるだろ。」

「うん。だから最近《さいきん》は、行っていない。」

そうこたえながらエリは話をうちきるようにシュンをおして、食堂《しょくどう》にはいった。

がっしりしたテーブルが四つある。おちついた雰囲気《ふんいき》の食堂だった。客《きゃく》はいないと思ったが、小さな客がひとりいて、シュンはおどろいた。侍《さむらい》のかっこうをしたヒキガエルがスパゲティを食べていた。

ひつじ

羽織《はおり》、袴《はかま》で、腰《こし》に刀《かたな》をさしているヒキガエルを見るとは思わなかった。小さなフォークにスパゲティを巻《ま》きつけて食べている。失礼《しつれい》とは思いながら、シュンの目はくぎづけになった。ヒキガエルの身長《しんちょう》にあう台《だい》がいすにセットされている。シュンの目に気づいたヒキガエルはナプキンで口をふき、にっこりとうなずいた。

「失礼《しつれい》ながら、そこもとは、最近《さいきん》むこうからやってこられたシュン殿《どの》ではござらぬか。」

からだが小さいのに、なめらかにひびくいい声だ。ほおを赤らめながらシュンは頭をさげた。

「フジイ・シュンです。はじめまして。」

「それがしは、ヒキザエモンと申すものでござる。」

エリが横《よこ》からつけくわえた。

「ヒキザエモンさんは、上の部屋《へや》にずっと泊《と》まってる。レオンの向《む》かいの部屋。」

ヒキザエモンはつづけた。

「それがしのことは、むこうの世界でおききおよびではありませぬか？」

シュンは首をひねった。

「いえ、きいていません。」

「あ、それならよろしいのでござるが、以前《いぜん》、百年クラゲというものが、それがしに化《ば》けてむこうをさわがせたことがあったもので、おききしたまででござるよ。」

「ヒキザエモンさんのうわさは、ながれていません。」

うなずきながらヒキザエモンは、すこし残念《ざんねん》そうな目をした。

シュンは、エリやレオネッタ、レオーネといっしょに、ヒキザエモンのとなりのテーブルで、サラダとオムライスをごちそうになった。その日はシュンが自分で夕食をつくる日だったので、ちょうどよかった。

ハルおばさんがつくるオムライスは、やわらかい卵《たまご》が厚《あつ》くてハヤシライスのようなソースがかかっている。とてもおいしい。どうやらこちらの世界も、むこうの世界とおなじような食生活らしかった。

食べているときに、ふと気になって、シュンはエリにたずねた。

「このオムライスには、鶏肉《とりにく》と卵がつかわれているでしょう? 鶏肉になったニワトリや、卵を産《う》んだニワトリは、ひとになったり、しゃべったりしないのでしょうか?」

「しない。」

と首を振《ふ》ったあと、どうつづければいいか、エリがまよっていると、

「よろしいかな」と、ヒキザエモンが話にくわわった。

「ニワトリなど家畜《かちく》の動物たちは、むこうの世界からつれてきたのでござるが、シュン殿《どの》が

気にしておられるのは、家畜《かちく》も動物、われわれも動物、しゃべる動物はしゃべらぬ動物を食べてもよいのか、という問題でござろう？」

そういうことだろうと思います、とシュンはうなずいた。

「生きるということは、かならずほかのいのちを食べることでござる。なにのいのちを食べるか。なにのいのちを食べないか。そのどこで線《せん》をひいてさかいめにするかということが、その社会の文化《ぶんか》というものでござろう。線をひきつつ、食べられるいのちに感謝《かんしゃ》する、それもまた文化というものでござる。とにかく、ここの文化では、それがしはフクロウに食べられない。それはありがたいことでござるよ。」

ヒキザエモンが話していると、入り口のドアからはいってきたのは、レオンだった。

「むずかしい話をしているんだな。」

といいながら、みんなに目であいさつして、ヒキザエモンの向《む》かいにすわった。

するとレオンの帽子《ぼうし》とコートが、溶《と》けるようにからだにすいこまれたので、シュンはびっくりした。エリがささやく。

「カメレオンって、便利《べんり》だろ。でもだまされちゃだめだよ。からだの一部だと思っていると、ときどき、ほんものの帽子《ぼうし》やコートを身《み》につけていたりするんだ。」

レオンはハムサラダとビールで夕食をはじめ、ヒキザエモンにもビールをすすめた。そしてシュンにいった。

「ヒキザエモンさんは、高校で歴史《れきし》の先生をしていたんだ。この島のことでわからないことがあれば、教えてもらうといい。」

食べ物の話はすっかりわかった、という感じでもなかったが、シュンにはほかにたずねてみたいことがあった。

「あの、ですね。そもそも、この世界とぼくたちのすむあちらの世界は、どういう関係なのでしょうか？」

ヒキザエモンは小さなコップのビールをすするように飲んで、シュンを見た。

「ずばりときましたな。サクラワカバ島と桜若葉《さくらわかば》小学校がどういう関係にあるのか。とても密接《みっせつ》な関係にあるのはまちがいござらぬが、ほんとうのところはよくわかっていないのでござる。

こちらの世界には、この島とおなじような島がいくつもあり、多くの島が、むこうの世界つまりシュン殿《どの》の世界の、公園《こうえん》とか学校、図書館《としょかん》、会社、工場、市場《いちば》、店などとつながっているらしいのでござる。つながっていない島は、以前《いぜん》つながっていたか、これからつながるのでござろう。このサクラワカバ島も、小学校ができるはるか以前からあったのでござるよ。

むこうの世界からこちらの世界を見れば、なんのためにこの世界があるのだろうと、思われるかもしれませぬな。しかしながら、ではなんのためにむこうの世界、あなたたちのすんでいる世界があるのでござろうか。

シュン殿《どの》、そこもとなら、どうこたえるのであろうか？」

とつぜんたずねられて、シュンはあせった。ヒキザエモンは、ビールをすすりながらシュンを見た。まわりのみんながシュンの答えを待《ま》っている。

なんのために、ぼくたちの世界はあるのだろう――。

「みんながしあわせになるため……。」そこまでいって、けれど災害《さいがい》や戦争《せんそう》があるじゃないか、ふしあわせなこともいっぱいおこっているじゃないかと思って、首を振《ふ》った。「いいえ、わかりません。」

「いい答えでござるな。さよう、わからない。」ヒキザエモンはにっこり笑《わら》って、小さなコップを持ちあげた。「このコップのようにだれかがつくったものなら、水やビールを入れるためにある、とこたえることができましょう。けれど、こちらの世界やあちらの世界のように、気がつけばあったというようなものは、なにかのためにある、というものじゃないかもしれない。とはいえ、とにかくある。ならば、みんながしあわせになったほうがいい。それがしもそう思いまする。

むこうの世界もこちらの世界も、とにかくある。そして一方から一方に、いい影響《えいきょう》をあたえることもあれば、わるい影響をあたえることもある。島と学校がつながっているのだから、なにかの影響をあたえてしまうのでござるな。

ふたつの世界について書かれた古い書物《しょもつ》には、風、という表現《ひょうげん》がつかわれておりまする。おたがいに風をおくりあって、それでバランスがとれていると書かれているのでござるよ。」

「わかったような、わからんような話だろ。」

レオンが赤みをおびた顔でいった。シュンはヒキザエモンに頭をさげた。

「ありがとうございました。」

「ヒキザエモンさんは、そういう話ならまじめにしゃべれるんだね。」

レオーネが口をはさんで、ハルおばさんに「これ！」と、にらまれた。

「それがしは、ときどきまじめになるのでござる。」

ヒキザエモンはレオーネに冗談《じょうだん》っぽくいったあと、シュンにうなずいた。

「ふたつの世界がどういう関係なのか、また思うことがあれば、きいてくだされ。」

たしかに、レオンがいったように、わかったようなわからんような話だった。でもききおわって、ヒキガエルがしゃべることの不自然《ふしぜん》さがうすれているのを、シュンは感じた。

ひつじ亭《てい》からは、べつの道を通ってかえることにした。町に出て、広場《ひろば》から、小学校の中《なか》庭《にわ》のクスノキにもどるという。

もう暗《くら》くなっている。エリがおくってくれた。

霧《きり》がかかった町は、家々の光がオレンジ色ににじんで見える。

いっしょに食事をしたからだろうか、シュンはなんだか満《み》ちたりた気分だった。

「あってから、まだ三日《みっか》しかたっていないのに、ずっとまえから知っていたような気がする。」

というと、エリは
「もっとまえから知っていた。」

といった。え？　とエリの顔をシュンが見ると、

「ネコのときから。」

と、エリは笑《わら》った。そういえばそうだ、とシュンは思った。

「そうそう、ヒキザエモンさんはどうして侍《さむらい》のかっこうをしているんだろう。」

思いだしてシュンがたずねると、エリは「趣味《しゅみ》で」と、こたえた。

商店街《しょうてんがい》になると、土の道が石畳《いしだたみ》にかわった。八百屋《やおや》、くだもの屋、肉屋《にくや》、雑貨屋《ざっかや》、靴屋《くつや》といろんな店がならんでいる。すこしむかしふうの商店街だな、とシュンは思った。あちこちの店がかたづけはじめている。ときどき、服《ふく》を着《き》た、ウサギやアライグマのひとも見かけた。エリに声をかけるひとがいる。多くのひとがくらしている島なのだ。

霧《きり》が濃《こ》くなったり、うすくなったりする。

「きょう、こちらの世界のオムライスを食べさせてもらったということは、あと百日ほど、こちらにくることができるようになったということですね。よかったなあ。」

とシュンがいうと、

「こられなくなったら、またカプセルを持っていってあげる。」

と、エリはいった。

「それにしても、こちらの世界はおもしろいですねえ。ヒキザエモンさんにもおどろいたけど、リククラゲも、ヒカリキノコも……。」

シュンがそういうと、エリは首をかしげた。

「ヒカリキノコって？」

そういう名前じゃないのかと、形を説明《せつめい》したが、エリは知らないようだった。

「あした、それを見にいこう。」

と、エリはうれしそうにいった。

やがて石畳《いしだたみ》がおわり、広場《ひろば》に出た。広場といっても公園《こうえん》のようだ。あちこちに木があって、自然《しぜん》な感じに花も植《う》えられている。ベンチや街灯《がいとう》もある。霧《きり》のむこうにぼんやりと浮《う》かぶ建物《たてもの》は、学校や図書館《としょかん》、研究所《けんきゅうじょ》などだそうだ。

広場にあるむこうの世界への通路《つうろ》は、ドラゴンの像《ぞう》の台座《だいざ》だった。ドラゴンがここから出入りするひとを見はっているのだとエリはいった。金属《きんぞく》なのに？　とシュンは首をひねったが、お寺《てら》の仁王様《におうさま》も木でできているのに見はっているのだから、そういうものなのだろうと、思いなおした。

街灯《がいとう》の光に、台座の側面《そくめん》がかすかにゆらいでいるのが見える。そこに顔をつっこむと、中庭《なかにわ》のクスノキから顔が出た。小学校の夜の中庭が見える。最初《さいしょ》の日に霧《きり》の世界が見えたことを思いだす。もちろん小学校のほうには霧は出ていない。夜警員室《やけいいんしつ》に灯《あか》りがついている。

「じゃあ、あした。」

シュンはエリにうなずいて、クスノキの、夜警員室から見えない側《がわ》から中庭に出た。そして夜警員さんに気づかれないように校舎《こうしゃ》の裏《うら》にまわり、フェンスから外に出た。

7 橋《はし》のむこうのヒカリキノコ

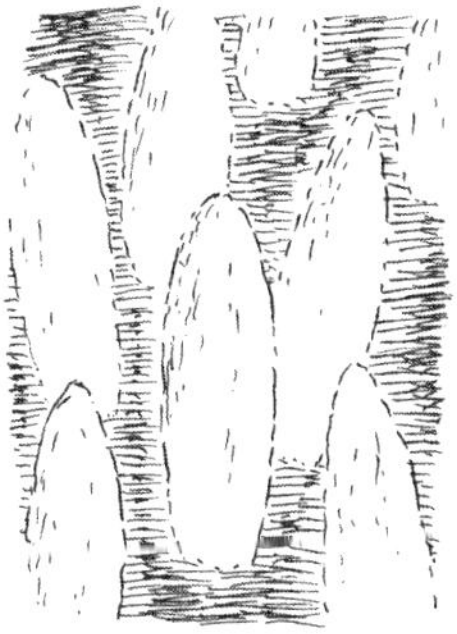

つぎの日の夕方《ゆうがた》、プラタナスで待《ま》ちあわせて、シュンとエリは橋《はし》のむこうのヒカリキノコにむかった。

「あの橋のむこうには、行ったことがない」と、エリはいった。「きっと、ながいあいだ、だれも行っていないんじゃないかな。木こりも、キノコとりも、あの橋からむこうには行かないってきいた。」

「どうして？」

「こちらでじゅうぶん木もキノコもあるからじゃないかな。山の上の湖《みずうみ》まで行くなら通るかも。」

橋をわたったあたりで、エリがシュンの顔を見た。

「なにを考えてる？」

「うん。この五日《いつか》間、キノコを見ていないから……。キノコって、種類《しゅるい》によってはすぐに消《き》えてしまうものもあるでしょ。だから、きょう、まだあるかどうか……。それから、もしもなくなっていたら、エリがそんなキノコがあったことを信《しん》じてくれるかどうか……。そんなことを、ね。」

「なくなっていても、信じるよ。」

と、エリは笑《わら》った。

すぐに緑《みどり》の濃《こ》いところが見えてきた。

シュンは、あってくれよとねがいながら、うす暗《ぐら》く深いしげみをまわりこんだ。

「わあ！　なに？　これ……。」

エリが目を大きくした。シュンもおどろいた。

「こんなに大きくなっているなんて……。」

「あったね……。」

「あった……。」

ふたりはあらためて、うなずきあった。

ヒカリキノコは、シュンやエリとおなじくらいの背丈《せたけ》になっていた。根《ね》もとの太さは電柱《でんちゅう》ほどもある。光も強くなっている。

「はじめて見る。きいたこともない。」

エリはキノコにそっとふれた。そのとたん、そのキノコが、ぶるっとふるえた。すると、ほかのキノコもふるえだした。

ふたりはしげみのあたりまでさがって、ようすをうかがった。

「形が、かわっていく……！」

エリがささやくようにいった。ふるえながらくびれができていくのだ。シュンはエリの腕《うで》をひいて、もうすこしさがった。

「さわったのがいけなかったのかな。」

と、エリがつぶやいた。

キノコたちのからだはどんどんかわっていく。ふるえながら、くびれやへこみ、さけめなどができはじめた。そしてみるみるうちに、ひとの形になり、それがつぎつぎに、黄緑色《きみどりいろ》にぼうっとひかりながら地面《じめん》からぬけだした。

ふたりはさらに二、三歩さがった。

「キノコのひとだ」と、エリがつぶやいた。

「キノコのひとだ」と、シュンもうなずいた。

ひとの形の顔にあたる部分は、ひものようなものがおおっていて、目や口は見えない。ふるえていたからだは、いつのまにかゆらゆらとした動きになり、それがゆっくりとリズムをもつ踊《おど》りにかわっていく。

そのうちに、くぐもった音が、ひとの形のキノコからきこえはじめた。と、思うと、顔から、ひものようなものがはらりとはなれてゆれた。それはちょうど髪《かみ》の毛《け》のように見え、下から目や口が見えた。その口がうごいている。同時《どうじ》にくぐもっていた音は声になった。それがだんだんふしのついたことばの響《ひび》きになり、全員《ぜんいん》の声と動きがそろってくる。

「シージューアーレー、シージュアレー、シージューアーレー、シージュアレー……。」

と、くりかえしているようにききとれた。

からだじゅうをうねらせて地面《じめん》をおさえつけ、ふみつけるようなしぐさ、いや、踊《おど》りだ。相撲《すもう》の四股《しこ》をふむのに似《に》ているようでもある。力強いけれどやさしく、気高《けだか》く、自分を捨《す》ててでも大地《だいち》になにかをつたえようとするような、いっしょうけんめいな歌と踊り——。

ききいり、見まもるうちに、シュンはなんだか胸《むね》がいっぱいになってきた。

エリがシュンの耳もとで、

「なんだか、すごいね。」

と、ささやいた。シュンもエリにささやきかえした。

「すごい。なぜだろう。ぼく、感動《かんどう》している。」

「わたしも……。これ、なにかを地面《じめん》の下におさえこんでおくような儀式《ぎしき》かな。」

シュンはエリのそのことばで気がついた。

「あ、そうか。しずまれ、といっているんだ。きっと。」

「ああ、シージューアーレー、ってきこえる、あれ？　しずまれって、どういう意味？」

「おちつかせる……。荒々《あらあら》しい神《かみ》さまとか、たたりをする霊《れい》とかに、しずかにしておいてもらう……。でも、なにをしずめているんだろう。」

そのとき、エリが上のほうを指《ゆび》さして、小声でいった。

「鳥！」

小さな声でいったはずなのに、キノコのひとたちにもきこえたらしい。一瞬《いっしゅん》声と動きをとめ、上をふりあおいだ。エリは思わず口を手でおおった。おおいながら、もっと小さな声でつづけた。

「目がひかってる！」

上空《じょうくう》数メートルのところにぴたりととどまって、黒い鳥が飛んでいた。鳥はハトよりすこし小さい。キノコの光を反射《はんしゃ》してか、目がきらきらひかっている。キノコのひとたちはすぐに、なにごともなかったように、歌と踊《おど》りをつづけた。

黒い鳥はおなじ場所で、器用《きよう》にゆっくりと向《む》きをかえ、やがて飛びさった。

「シージューアーレー、シージュアレー、シージューアーレー、シージュアレー……。」

歌と踊《おど》りはいつまでもつづいた。キノコの光が明るくなってくるのは、まわりがだんだん暗《くら》くなってくるからだろう。

「きょうはそろそろかえろう。」

シュンがいうと、エリは、

「あしたもくる？」

と、たずねた。キノコのひとたちのしていることに興味《きょうみ》をもったらしい。シュンはうなずいた。


つぎの日、アジの干物《ひもの》と冷奴《ひややっこ》、ほうれん草《そう》のおひたしとタマネギのみそ汁《しる》、というシュンの定番献立《ていばんこんだて》で夕食をすませ、家を出た。ポケットにペンライトがはいっている。

学校の裏庭《うらにわ》からむこうの世界へ行く。プラタナスの前でエリが待《ま》っていた。まだ空は明るい。

橋《はし》をわたってすこし歩くと、ひびく歌声がきこえてきた。

「シージューアーレー、シージュアレー……。」

そのとき、きゅうにエリがシュンの腕《うで》をつかみ、大きな木の幹《みき》のかげにひきよせた。

「なに？」

小声でたずねると、エリは森《もり》の奥《おく》を指《ゆび》さしてささやいた。

「だれかくる。見たことのないひとたち。」

シュンは目をこらした。だれもいない、と思ったすぐあと、遠くにうごくものが見えた。

「あんなに遠くなのに、見たことがないひとってわかるの？」

「ネコだから。」

やがて、シュンの目にもそのひとたちのすがたがはっきり見えはじめた。奥の森から、何人かのひとがやってくる。きみょうなことに西洋風《せいようふう》の鎧《よろい》を身《み》にまとっている。

とつぜんエリが息《いき》をのんだ。

「なに？」

シュンがたずねると、エリは半開《はんびら》きの口のまま、いやいやをするように首を振《ふ》った。

そのひとたちがもうすこしちかづいてくると、鎧《よろい》ではないことがわかって、シュンもぎょっとした。からだがにぶくひかる金属《きんぞく》でできている。ロボットたちだ。ひとの形をしていて、目が大きかった。それがひかっている。無表情《むひょうじょう》なのが不気味《ぶきみ》だ。一、二、三……八人いる。

シュンがささやいた。

「あのロボットたち、シャベルを持っている。」

「シャベルだけじゃない。」

エリがささやきかえして、シュンにもわかった。わかったとたんにどきっとした。どのロボットも肩《かた》から斜《なな》めにシャベルと、銃《じゅう》のようなものをさげているのだ。腰《こし》のあたりにつけているのはナイフのようだ。胸《むね》がどきどきしてくる。みつからないだろうか、そう思ったとき、ロボットたちが道をそれた。シュンがほっとしていると、「あ」と、エリが口のなかで声をあげた。

「なに？」シュンが小声でたずねた。

「ロボットたちの前を、きのうの黒い鳥が飛んでいた。」

「きのうの鳥って、わかるの？」

エリはうなずきながら、つぶやいた。

「ロボットたち、どこへ行くんだろ。」

「ヒカリキノコのところだろうか。」

方向《ほうこう》からいえばそうかも知れないと思った。シュンはわるいことがおきるような気がした。

「行ってみよう。」

エリがかすれた声でささやいた。キノコたちの歌がつづいている。

「シージューアーレー、シージュアレー……。」

「シージューアーレー、シージュアレー……。」

シュンとエリは広場《ひろば》をかこむしげみの下に、腹《はら》ばいになってもぐりこんだ。

シュンたちのほうが早かった。やがて、シャベルや銃《じゅう》がからだにあたるにぶい音と、地面《じめん》の小枝《こえだ》をふみつけるかわいた音が大きくなり、ロボットたちが、むこうのしげみの間からあらわれた。やはりここをめざしていたのだ。

ロボットたちは、なだらかなくぼみの底《そこ》でうたいおどるキノコのひとたちのまわりを、とりかこもうとしている。動きは、機械的《きかいてき》だがなめらかだ。

「シージューアーレー、シージュアレー……。」

こんな風景《ふうけい》のなかで見るからだろうか、きのうより、歌と踊《おど》りのスケールが小さくなったように感じる。地面《じめん》もきのうより荒《あ》れているみたいだ。

ならんで腹《はら》ばいになったまま、エリがシュンをひじでつついて、上空《じょうくう》を小さく指《ゆび》さした。葉《は》の重《かさ》なりの間から、黒い鳥が空中《くうちゅう》にとどまってはばたいているのが見えた。まちがいなくきのうの鳥だ。

「シージューアーレー、シージュアレー、シージューアーレー、シージュアレー……。」

ロボットたちに気づいているのかいないのか、キノコのひとたちは歌と踊りをつづけている。ロボットたちは完全《かんぜん》にキノコのひとたちをとりかこんで、動きをとめた。

キノコのひとたちは、歌と踊《おど》りをやめた。ロボットの声がきこえた。

「ワレワレニ、モリノイシヲ、クダサイ。」

モリノイシ？　とシュンは頭のなかでくりかえした。

どのロボットがしゃべっているのかわからない。一本調子《いっぽんちょうし》の、感情《かんじょう》のない声だ。キノコのひとたちの、ひとりが、

「もりのいし……？」とたずねた。

ロボットがこたえた。

「モリノツチノナカデ、ヒカルイシデス。ワレワレニワ、モウ、ノコリスクナイ。」

モリノイシは、〈森《もり》の石〉のようだ。

「それ、あげるとか、つかうとか、するものでない。」

「モシ、クレナケレバ、チカラズクデ、モッ

テイクコトニナリマス。」

「それ、くれるとか、力ずくとかのものでない。」

シュンたちにいちばん近い、背《せ》をむけているロボットが右手を横《よこ》にのばした。

ロボットたちは右の方へ移動《いどう》して、かこみの左半分を大きくあけた。背中《せなか》から銃《じゅう》をとりはずし、かまえる。本気《ほんき》で撃《う》つつもりなのだ。シュンもエリも息《いき》をのんで、からだをよせあった。

「モウイチド、オネガイシマス。ワレワレニ、モリノイシヲクダサイ。」

そういっているのは、右手をのばしているロボットだ。

「それ、そういうものでない。」

右手が真上にあげられた。

——あぶない！

その手が振《ふ》りおろされるまえに、シュンはエリにおおいかぶさった。同時《どうじ》に、腹《はら》にひびくするどい音が連続《れんぞく》し、木の枝《えだ》や幹《みき》のかけらが飛んできた。

目をおそるおそるあけると、キノコのひとたちのすがたはなかった。ただ、大量《たいりょう》の、かわいた木くずのようなうす茶色《ちゃいろ》の破片《はへん》が、ほのかに光をはなって、キノコのひとのいたあたりにつみかさなっている。それが、キノコのひとたちのようだった。

——うそだろ……！

すぐ目の前でおこったことが、シュンには信《しん》じられなかった。ついさっきまでうたいおどっていたキノコのひとがばらばらにされてしまったのだ。ぼうっとする頭で、みつかってはいけない、と思った。声をださないほうがいい。

——だいじょうぶ？

という気持ちで、エリを抱《だ》く手に、二度強く力をこめた。エリは顔をあげて、くぼみの風景《ふうけい》を見た。そして目を大きくして、息《いき》をのんだ。

指揮《しき》するロボットがなにか指図《さしず》すると、ほかのロボット全員《ぜんいん》が、銃《じゅう》を背中《せなか》にもどし、シャベルをとりだした。そして手慣《てな》れた動きで地面《じめん》を掘《ほ》りはじめた。キノコのひとたちの破片《はへん》が土といっしょにまわりによけられ、その上に新しく掘られた土がつみあげられていく。シュンの背丈《せたけ》ほどの深さに穴《あな》が掘られたとき、ひとりのロボットが動きをとめ、顔をあげた。

「モリノイシガ、アリマシタ。」

シュンとエリは顔を見あわせた。

リーダーのロボットが穴《あな》の底《そこ》におりていき、ラグビーボールをひとまわり小さくしたような黒いかたまりを持ちあげた。黒いかたまりは、布《ぬの》か皮《かわ》でおおわれているように見える。持ちあげるときにその布がすこしめくれ、すきまから、ぼうっと光がもれた。ロボットはいそいで布をまきなおし、どこからとりだしたのかじょうぶな袋《ふくろ》にかたまりを入れた。

「コレダケアレバ、シマニモッテカエレル。」

リーダーがみんなにいって、シュンとエリはもういちど顔を見あわせた。

ロボットたちは隊列《たいれつ》をくみ、やってきたほうへ、整然《せいぜん》ともどっていった。

金属《きんぞく》のふれあう音がとおざかり、やがてきこえなくなった。

8　ひつじ亭《てい》は本日休業《ほんじつきゅうぎょう》

しげみの下にふせたまま、ようやくふたりは息を吐《は》きだした。

「森《もり》の石って、なんだろ……。」

エリがシュンを見てつぶやいた。シュンは、知らないと首を振《ふ》った。

「キノコのひとたちは、撃《う》たれたんだね……？」

エリがひくい声でたずね、シュンがうなずいた。

「撃たれた。……だれかにしらせたほうがいい。」

シュンがいうと、エリもうなずいた。ふたりは伏《ふ》せたまま、あとずさりしてしげみから出た。

立ちあがろうとして、息《いき》がとまるかと思った。

「……！」

声さえ出ないほどおどろいた。目の前に、ひとりのキノコのひとがしゃがんでいたのだ。

「おどろかせるつもり、なかった。たすけてほしい。」

と、そのキノコのひとはいった。

——ぼくたちがたすける……？

胸《むね》をどきどきさせながら、シュンは思った。

「森、たすけてほしい。」キノコのひとはかさねていった。

——森をたすける？

かかわりあうと、めんどうなことになるような気がした。が、エリがたずねた。

「森を？」

「森を。」キノコのひとはうなずいて、熱心《ねっしん》につづけた。「はやく、ここ、はなれる。ひとのようなもの、もどってくる。……外から見えないところ、かくまってほしい。」

——かくまう？　かくまうということは、ロボットたちの敵《てき》になるということじゃないか。

それは、あの銃《じゅう》がぼくたちにむけられるということじゃないのか。

と、シュンがつばをのみこんだとき、

「ひつじ亭《てい》につれていこう。」

と、エリが、いった。

——えぇ？

シュンはエリの顔を見た。

「この島には、そういうことをするのにふさわしい、ぼくたちの世界でいえば、警察《けいさつ》とか役《やく》所《しょ》とかは、ないの？」

「ない。」

エリはすでに心を決《き》めているようだった。


キノコのひとは、シュンたちとおなじ速《はや》さで歩くことができた。

三人はだまって歩いた。

ロボットたちにねらわれているキノコのひとをひつじ亭《てい》でかくまうことが、いい判断《はんだん》なのかどうか、シュンには疑問《ぎもん》だった。

――ほんとうに、そんなことをして、いいの？　危険《きけん》じゃないの？

と、エリにたずねてみたいところだった。けれど、これはこの世界のできごとで、この世界のエリがそうしたいといっているのだから、そうしたほうがいいのじゃないかという気もする。ひつじ亭につれていけば、ハルおばさんがもっといい方法を考えてくれるだろう、とも思った。

丘《おか》をくだって、林がとぎれるとひつじ亭《てい》はすぐそこだ。下に見える町はきょうも霧《きり》につつまれている。ひと通《どお》りがなくてちょうどよかった。夕方《ゆうがた》の明るさでは、キノコのひとがぼうっとひかる。ひかるひとがひつじ亭《てい》にはいった、などとうわさされないほうがいい。

裏口《うらぐち》からひつじ亭にはいる。

食堂《しょくどう》にはだれもいなかった。が、ハルおばさんがいままでいたお客《きゃく》さんを戸口《とぐち》で見おくって、手を振《ふ》っているところだった。

そのハルおばさんがふりかえり、キノコのひとを目にして、ぎょっとした。

ハルおばさんが口をひらくまえに、エリがいった。

「このひとは、キノコのひと。」

「キノコのひと……？」

ハルおばさんもはじめて見るのだ。エリはうなずいてつづける。

「そう。かくまってあげなきゃいけない。ほかの何人ものキノコのひとが、橋《はし》のむこうの森《もり》で、銃《じゅう》を持ったロボットたちに殺《ころ》された。」

「ロボットたち……？」ハルおばさんは、眉《まゆ》をよせた。その表情《ひょうじょう》のまましばらくかたまっていたが、目を大きくしていった。「それって、森をだめにする……、ロボットのこと？」

キノコのひとが、いきおいこんで、うなずいた。

「そう。森、だめにする、ひとのようなもの。」

ハルおばさんは息《いき》をのんだ。

「なんてこと……！　じゃあ、サクラワカバ島の森《もり》も枯《か》れてしまうの？」

キノコのひとが首を振《ふ》った。

「まだ、枯れる、決《き》まらない。枯れないように、かくまってほしい。」

ハルおばさんはしんけんな顔で、キノコのひとを見た。

「あんたをかくまえば、森は枯れないって？」

キノコのひとはうなずいた。

「ほんと？」

おばさんは、もういちどたしかめ、キノコのひとは、もういちどうなずいた。

「かくまうと森《もり》がたすかるのなら、かくまってあげる。いいよ、そのあたりにかくれてな。」

シュンはおどろいた。ハルおばさんは銃《じゅう》を持ったロボットたちがやってくるとは思わないのだろうか。それに、かくまえばなぜ森《もり》がたすかるのかたずねなくてもいいのだろうか。

ハルおばさんはすばやくひつじ亭《てい》の入り口に〈本日休業《ほんじつきゅうぎょう》〉のふだをだした。そして家じゅうのよろい戸《ど》とガラス窓《まど》をしめてまわった。ランプの灯《あか》りはついているもののうす暗《ぐら》く、キノコのひとは黄緑色《きみどりいろ》にほわんとひかった。

「レオンは？」

エリがたずねた。

「ヒキザエモンさんとでかけてる。レオネッタもレオーネもでかけてる。あたしはレオンをさがしてくるから、あんたたちはここでじっとかくれていて。だれがきても出るんじゃないよ。」

ハルおばさんはそういうと、店の入り口の扉《とびら》にも鍵《かぎ》をかけて出ていった。

のこされた三人は食堂《しょくどう》のいすに腰《こし》をおろした。

シュンはたずねてみた。

「森《もり》とロボットのことって、なんなの？」

エリはまじめな顔でいった。

「よその島の森が、つぎつぎに枯《か》れているんだって。この宿《やど》に泊《と》まったひとがいってた。森のなかにロボットたちがあらわれると、その森が枯れるって……。そのひとのすんでいた島の森は枯れて、畑《はたけ》もだめになったんだって。」

キノコのひとがすこしからだをうごかしたが、エリはつづけた。

「森《もり》や畑《はたけ》の力が弱《よわ》くなると魚も貝も海草《かいそう》もだめになるって。みんなが生きにくくなるって。」

それでエリはすぐにかくまうといったのか、とシュンが思ったとき、裏口《うらぐち》のドアがどんどんとたたかれた。三人はびくっとして、顔を見あわせた。

エリが扉《とびら》ののぞき穴《あな》から見ると、レオネッタとレオーネだった。

鍵《かぎ》をあけてもらったふたりは、

「どうしてドアがしまっているの？」

「どうして窓《まど》のよろい戸《ど》もしまっているの？」

と、たずねながら、食堂《しょくどう》にはいってきた。そしてキノコのひとを見て、目を大きくした。

「キノコのひと。」エリが教えた。

レオネッタとレオーネは、「わあ！」と声をあげた。

「ひかってるね！」

「ひかってる！」

ふたりは、めずらしいという表情《ひょうじょう》をかくさず、「ひかってる」「ひかってる」となんども口にしながらキノコのひとのまわりをまわった。

「失礼《しつれい》だろ」とエリがたしなめる。

「ぼくたちのこと、紹介《しょうかい》して。」

そうレオーネにいわれて、これまでに紹介とかあいさつとか、思いもしなかったことにシュンは気づいた。エリもそう思ったらしい。

「わたしは、エリ。それからフジイ・シュン。さっき出ていったのがハルおばさん。いまかえってきたのがレオネッタとレオーネ、よろしく。」

「ね、キノコのひとは、なんていう名前なの？」レオーネがたずねた。

それもきいていなかったとシュンは思ったが、キノコのひとが、

「わたしたち、名前、ない」と、いった。「名前、いるなら……、さっき、いっていた、ヒカッテルでもいい。」

「わあ、ぼくたち、生まれてはじめて、名付《なづ》け親《おや》になった！」

と、レオーネがうれしそうな顔をした。

「ヒカッテルじゃおかしい。ヒカリがいい」と、レオネッタがいって、「うん。ヒカリがい

い。」レオーネもうなずいた。

「ところで、ヒカリは男のひと？　女のひと？」

レオネッタがたずねた。

「わたしたち、男、女、ない。」

ヒカリがいうと、

「え？　男とか、女とか、ないの……？」

レオーネがくわしく説明してほしそうな顔でエリとシュンを見た。

ふたりもよくわからなかったのでだまっていると、レオーネがべつの質問《しつもん》をした。

「で、どうしてキノコのひとがここにいて、ドアも窓《まど》もしまっているの？」

それでようやく、シュンとエリはこれまでのことを話すことができた。話をきいて、レオネッタが首をかしげた。

「キノコのひとをかくまうと、森《もり》が枯《か》れないですむのはどうして？」

そうだ、それが知りたかったことだ、とシュンは思った。

ヒカリが首を左右に振《ふ》った。

「わたし、かくまう、森、枯れない、でない。森の石、うばわれない、森、枯れない。森の石、森、まもってる。」

シュンは、え？　と思ったが、さきにエリが声にだしていた。

「森《もり》の石が、森をまもっている？」

「そう、森の石、森、まもってる。」ヒカリがうなずく。

エリはせきこんでいった。

「でも森の石は、ロボットに、あなたのいう〈ひとのようなもの〉に、うばわれたんじゃなかった？」

ヒカリは、ひと呼吸《こきゅう》おいて、

「あれ、にせもの。ほんもの、わたし、持ってる。」

と、いった。エリは息《いき》をのんだ。

「見たい！」レオネッタとレオーネが口をそろえた。

「わたしも見たい！」「ぼくも！」エリとシュンもつづけた。

「ね、ヒカリさん、見せてちょうだい。」レオーネがかさねていった。

ヒカリは食堂《しょくどう》のなかを見まわし、ちょっと考えたが、うなずいた。

ポケットのある服《ふく》を着《き》ているとは思えなかったし、いままでからだがふくれているようにも見えなかった。それなのにふところから、小ぶりのラグビーボールのようなかたまりをとりだし、それをテーブルの上に、そっとおいた。

黒くやわらかな布《ぬの》か皮《かわ》でおおわれている。そのおおいをそっとめくると、すきとおるようなやわらかい光が部屋《へや》を満《み》たした。光る石だ。まるでゼリーのように半透明《はんとうめい》にやさしくひかっている。ヒカリキノコの黄緑色《きみどりいろ》よりもオレンジがかった色だ。みんなは、うっとりと石をながめた。

「きれい。」エリがつぶやいた。「これが、森《もり》をまもっているの？」

ヒカリは、きっぱりとうなずいた。

「この石、森、まもってる。」

「これが、うばわれると、森が枯《か》れるの？」エリがかさねてつぶやいた。

「これ、うばわれる、森、枯れる」と、ヒカリ。

「ロボットたちがこれをほしがるのは、なぜなの？」レオーネがたずねた。

「わからない。」ヒカリが首を振《ふ》った。

そのとき、とつぜん部屋《へや》のなかに、外の光がはいった。

シュンよりもはやく、エリがふりむいていた。しめたはずのよろい戸《ど》が半開《はんびら》きになっている。そのガラス窓《まど》のむこうに、黒い影《かげ》があり、そのなかにふたつのひかる点があって、すっと消《き》えた。

「しまった！　みつかった！」エリのつぶやき声に、みんなはびくっとした。「いま、窓の外に、目がひかる鳥がいた。」

ヒカリはあわてて石をおおいでつつんで、ふところに入れた。

「光がもれたんだ。石を見せてほしいなんていわなければよかった。」

と、シュンがくちびるをかんだ。

シュンとエリが窓《まど》ぎわによって、半開《はんびら》きのよろい戸《ど》から、外のようすをうかがった。

まだすこし明るさがのこっている空を背景《はいけい》に、林の木立《こだち》がシルエットになって浮《う》かびあがっている。と、うごく小さな光の点と影《かげ》が見えた。シュンの胸《むね》がどきんとした。

「あれは……？」

シュンは小声《こごえ》でエリにたずねた。エリは外をにらみつけてうなずいた。

「ロボット。」

うしろでレオネッタとレオーネが息《いき》をのむのがわかった。

「光がもれてからやってくるのが早すぎる。森《もり》からいちばん近いこの家に目をつけていたんだ。でなければ、もっとまえから見られていたのかもしれない。」

と、エリがつぶやいた。とんでもないことになった、という思いがシュンの胸《むね》に、ふくれあがってくる。

ロボットたちがちかづいてくる。もうひかる目がはっきり見える。

――どうすればいいのだろう。

シュンはあわただしく考えた。

――逃《に》げだす？　だめだ。キノコのひとがひかって、めだちすぎる。でもなんとかしなくちゃ……。

と、考えたとき、エリがいった。

「レオネッタとレオーネ、それからヒカリ、部屋《へや》のすみにしゃがんでいて。」

レオネッタとレオーネは、いわれたとおりにした。が、キノコのひとは、

「わたし、出ていく。あなたたち、危険《きけん》、よくない。」

といった。エリは首を左右に振《ふ》った。

「いよいよとなったら、そうしてもらうかもしれないけど、わたしたちは森《もり》をまもりたい。できるだけのことは、やってみる。」

と、キノコのひとも部屋《へや》のすみにおしこんだ。

9 光の島の工兵隊《こうへいたい》

ロボットたちが、窓《まど》のむこう十数メートルほどのところで、横一列《よこいちれつ》にならんだ。機械的《きかいてき》な声が、ガラス窓のむこうからきこえた。

「ワレワレニ、モリノイシヲ、クダサイ。」

エリは窓をあけ、半開《はんびら》きになっていたよろい戸《ど》もあけた。あの銃《じゅう》を持っているロボットたちには、ガラスの窓がしまっていても、なんの役《やく》にもたたないだろうと、シュンも思った。

「ワレワレニ、モリノイシヲ、クダサイ。」

ロボットがくりかえす。エリが大きな声で、外にむかって、さけんだ。

「いま、おとなのひと、いないんです。」

「ワレワレニ、モリノイシヲ、クダサイ。」

ロボットはおなじことをいった。こんどはシュンがさけんだ。

「あの、おとなのひとがもどってくるまで、待《ま》ってくれませんか。」

「オトナデモ、コドモデモ、カマイマセン。ワレワレニ、モリノイシヲ、クダサイ。」

シュンとエリは顔を見あわせた。

「ええっと、どちらさまでしょうか。」

シュンがさけんだ。するとひとりのロボットが五、六歩すすみでた。きっとさっきのリーダーだな、とシュンは思った。

「ワレワレワ、ヒカリノシマカラキタ、コウヘイタイデス。」

すすみでたロボットがしゃべっているらしい。

シュンはささやき声でエリにたずねた。

「(ヒカリノシマって?)」

「(知らない。きっと遠くの島。)」

——遠くの島……。

「遠い島から、どうやってこられたのですか?」

シュンがさけぶ。エリがからだをかたくしているのが、よせあっている腕《うで》からつたわってくる。

「ソラトブフネニノッテ、キマシタ。ワレワレニ、モリノイシヲ、クダサイ。」

——空飛《そらと》ぶ船《ふね》! 飛行船《ひこうせん》のことだろうか。

「ええっと、その、どうして森《もり》の石が必要《ひつよう》なのですか？　その森の石を、あなたたちはどうするのです？」

リーダーはすこしだまった。そして右腕《みぎうで》を横《よこ》にのばした。ほかの七人のロボットが銃《じゅう》を肩《かた》からはずし、こちらにむけて、かまえた。シュンのわきの下につめたい汗《あせ》がながれた。

「モリノイシガ、ソコニアルコトワ、ワカッテイマス。チカラズクデ、モッテイクコトニ、ナリマス。モウイチド、オネガイシマス、ワレワレニ、モリノイシヲ、クダサイ。」

とつぜんシュンとエリのうしろにヒカリがやってきた。

「わたし、出ていく。」

――しかたがない。ぼくたちでは、まもりきれない。

と、シュンも思った。

リーダーの横にのばした右腕がぐっとあがる。

「待《ま》って！　撃《う》たないで！」とシュンが両手《りょうて》をあげ、

「むこうへ行って！」とエリが悲鳴《ひめい》のようにさけび、ふたりはおたがいをかばうようにかかえあって床《ゆか》にころがった。

きこえるはずの銃《じゅう》の音がきこえなかった。

シュンは顔をあげた。ヒカリがぽかんと外を見ている。シュンも起《お》きあがって外を見た。ロボットはさっきより遠くに、たおれている。起きあがろうとしているものもいた。

「なにがあった？　ロボットたち、あんなところにいた？」

シュンがたずねると、起きあがって外を見たエリは首を振《ふ》った。

「あんなところにはいなかった。」

「いま……、森《もり》の石、熱《あつ》くなった。」ヒカリがふしぎそうにいった。「エリさん、『むこうへ、行って』いったとき、ひとのようなものたち、飛んでいった。そのとき、森の石、熱くなった。」

エリとシュンは顔を見あわせた。

「それって……、石の横《よこ》でさけんだから、ロボットが飛んだのかな。」

と、シュンがいうと、レオーネがかけよってきて、目を大きくしていった。

「わかった！　そんな力をもっている石だから、ロボットたちがほしがるんだ。」

起《お》きあがったロボットたちが、こちらにこようとしている。

レオーネがヒカリの横でさけんだ。

「むこうへ行け！」

なんのききめもなかった。レオネッタもヒカリの横にきて、さけんだ。

「むこうへ行って！」

だめだ。ロボットはこちらにむかって歩いてくる。エリがさけんだ。

「あっちへ行け！」

さっきとことばがちがう、とシュンが思ったのと同時《どうじ》に、ロボットたちは、さっきたおれていたあたりまで、見えないバネにひきもどされるように、飛んでいった。

エリはぽかんと口をあけた。

「すごいじゃないか！　エリがいうと、そうなるんだ！」

森《もり》の石はまもれるかもしれない、とシュンは思った。

ロボットたちは、ひとつにあつまろうとしている。

「シュンもためしてみてよ。」

レオーネがいった。ロボットたちはこちらへちかづくのはやめて、そのあたりで一列にならんだ。

「え？　ぼくも？」

シュンがためらっていると、リーダーが手を横《よこ》にのばした。銃《じゅう》を用意《ようい》しようとしている。

あそこからいっせいに撃《う》つつもりだ。シュンはさけんだ。

「撃つな！　遠くへ行ってしまえ！」

とつぜん、ロボットたちははじかれたように飛んだ。暗《くら》くてよく見えないが、数十メートルは飛んだ。たいていのロボットは林の木にぶつかり、そのうちひとつふたつは、太い幹《みき》にあたったらしく、にぶく重みのある音をたてた。

「すごい！」

みんなが、あきれたようにシュンを見た。

――いったい、なにがおこったんだ！

シュン自身《じしん》がいちばん信《しん》じられなかった。

そのとき鍵《かぎ》の音がして、入り口の扉《とびら》があいた。ハルおばさんとレオンがもどってきたのだ。

レオンの肩《かた》にはヒキザエモンが乗っている。これでほんとうにたすかった、とシュンはほっとした。

「いま、なにかさけんだか？」

と、レオンがたずねた。

レオーネとレオネッタがレオンたちにかけより、口々にいった。

「すごいことがおきたんだよ。ロボットがきたんだ。」

「銃《じゅう》を持って、やってきたの！」

「なんてこと！」ハルおばさんが自分の口をおさえ、

「銃《じゅう》を持ってでござるか？」と、ヒキザエモンがききかえし、

「なんだって！」レオンが窓《まど》ぎわのシュンとエリにかけよった。「どこにいるんだ？」

「あそこ。うごかなくなったのをのこして、ひきあげていく。」

エリは林のほうを指《ゆび》さし、レオンはあいている窓から外を見た。

「光の島から、空飛《そらと》ぶ船《ふね》に乗ってやってきたんだって、いってた。」

レオーネのことばに、レオンの肩《かた》のヒキザエモンが、

「光の島……？　空飛ぶ船……？」とくりかえした。

「あんたたち、なんともなかったの？　なにもされなかったの？」と、ハルおばさん。

「だいじょうぶだった」と、レオネッタ。

「それで、エリがロボットを飛ばしたんだ」と、レオーネ。

「飛ばした？」レオンがレオーネを、つづいてエリを見た。エリはうなずいた。

「シュンはもっと遠くまで飛ばした。いまの声はシュンが飛ばしたところ。」

「飛ばした……！」レオンはこんどはシュンを見た。

「どういうわけで、船やらロボットやらを飛ばせるのでござろう」と、ヒキザエモンが短い首をひねった。

「それが、森《もり》の石の力らしいんだ。そんな力をもっている石だから、ロボットたちがほしが

るんだ、きっと。」レオーネがとくいそうに説明《せつめい》する。

「もりのいし？」レオンとヒキザエモンが同時《どうじ》につぶやいた。

「キノコのひとが持っているんだ。だからキノコのひとの近くで『むこうへ行け』っていうんだよ。」

「ああ、キノコのひと。」レオンとヒキザエモンはあわただしくヒカリに、目であいさつした。「ハルからききました。」

ヒキザエモンが「森《もり》の石と、キノコのひと……」とつぶやくのにかさなって、レオンがいった。

「のこされたのを見にいこう。」

ハルおばさんが、え？　とレオンを見た。

「危険《きけん》じゃないか。まだあのあたりにいるんだろ？」

「ううん、もうずいぶんむこうに行ったと思う。」

と、エリがいって、レオンがつづけた。

「だいじょうぶだろう。ずいぶんいためつけられたようだから、つぎの作戦《さくせん》がたたなければ、むかってこないだろう。きたとしても、いまの話では、こちらには石があって、エリとシュンがいる。」

「そうとなると、飛んでいくロボットを見られるのでござるな。」

ヒキザエモンがうれしそうにいって、ハルおばさんはいやそうな顔をした。

レオンは懐中電灯《かいちゅうでんとう》をとってきた。シュンはポケットにペンライトがはいっているのを思いだして、用意《ようい》した。ヒキザエモンは「肩《かた》に乗せてもらっても、よろしゅうござるか」などといって、ヒカリの肩に乗った。なにかあれば〈むこうへ行け〉をためしてみたいらしい。

うす暗《ぐら》い林にむかって歩きながら、シュンはおとなたちに、ヒカリキノコをみつけたところからのことをかんたんに説明《せつめい》した。

ハルおばさんは、橋《はし》のむこうへ行ったときいて、「あんなところまで……」とつぶやき、ロボットたちが発砲《はっぽう》して、キノコのひとたちがこなごなになったところでは、顔をしかめた。

「どうしてそんなに危険《きけん》なところに行くんだろうね！」

「そんな危険なことになるなんて、思わなかったんだ。」

エリは首をすくめた。

ふたりのロボットが、ころがっている。

シュンは心の底《そこ》がつめたくなった。銃《じゅう》をむけられたとはいえ、シュンのことばで、こうなったのだ。太い木の幹《みき》にぶつかって、どこかこわれたらしい。さっきまでうごいていたものが、もうごかない物体《ぶったい》になって、不自然《ふしぜん》な姿勢《しせい》でころがっている。それがロボットであったとしても、ひとの形をしているだけに、平静《へいせい》な気持ちではいられなかった。

ヒカリの明るさとふたつの懐中電灯《かいちゅうでんとう》の光で見ると、ロボットのからだのあちこちに、いまできたとは思えない凹《くぼ》みやさびがある。かなり古いものらしい。

ふたつのロボットは、どちらも胸《むね》の小さな扉《とびら》があけられていた。扉のなかにさらにケースがあり、それがからだだった。

「銃《じゅう》ものこしていったよ。」レオーネは銃を持ちあげた。「なんだ軽いな、弾《たま》をこめるところもない。おもちゃみたい……。」そこまでいって、おどろいた顔をした。

レオンがシュンに教えてくれた。

「ハルやレオーネ、レオネッタは、ひとでも、ものでも、相手《あいて》にさわるだけですべての情報《じょうほう》がわかってしまうんだ。すがた、形、記憶《きおく》、考えかた、声、しゃべりかた、動きかた、なにもかも。うらやましいね。おなじカメレオンでも、ぼくはそんなことできないんだ。」

「ただされるだけじゃわからないんだよ。そういうつもりでさわらなきゃ。ね。」

と、レオーネがいった。おしまいの「ね」は、レオネッタにむけられた。

レオネッタはつけくわえた。「そんなことができればできるで、苦労《くろう》はあるのよ。」

「で、銃《じゅう》から情報《じょうほう》を読みとったんだな?」

と、レオンがうながした。レオーネはうなずいた。

「これは、ロボットだけが撃《う》てる銃《じゅう》なんだ。ロボットがもっているエネルギーが発射《はっしゃ》される。弾丸《だんがん》じゃなく、衝撃波《しょうげきは》みたいなものが発射される。」

「さわっただけで、そんなことがわかるんだ。すごいなあ。」

シュンは感心《かんしん》した。

「ショウゲキハ……？」

エリが首をかしげた。

「まあ、空気の弾丸《だんがん》、とでも申すものでござろうな。」

ヒキザエモンがいった。シュンは、キノコのひとたちがばらばらになってしまったのを思いだした。

だしぬけに、レオンがいった。

「ここはひとつ、ぼくがロボットになって、ようすをさぐってくるのがいいと思う。」

それでレオンは、ロボットをあちこちひっくりかえして観察《かんさつ》していたのだ。

「それがしも、参《まい》ろうか。」

ヒキザエモンがかるくいったのでシュンはおどろいた。足手《あしで》まといになるだけのような気がしたからだ。レオンもそう思ったらしい。

「申し出はありがたいが、ここは変身《へんしん》できるぼくが行く。」

ヒキザエモンもそう思ったのか、「さようでござるか」と、あっさりとうなずいた。

「じゃあ、ぼくも行く。相手《あいて》の情報《じょうほう》を読みとれる。」

レオーネがいうと、お、なるほど、という顔をレオンはした。

「とんでもない」ハルおばさんがとめた。「子どもにそんなこと、させられない。」

ハルおばさんがきっぱりといって、レオンはなるほどという顔をひっこめた。

「だって……」というレオーネに、レオネッタがちかよって、肩《かた》に手をあててなにか小声で話すと、レオーネはうなずいた。うなずいたけれど、あきらめきれないらしく、こわれたロボットをさわっていた。

「これで、どうだ？」

シュンがレオーネに気をとられているあいだに、レオンはロボットに変身《へんしん》していた。

「すごい……！」

シュンはみとれた。レオンはみごとにロボットになっていた。

「ちょっとちがうな。しゃべりかたも。」

といったのは、レオーネだった。レオーネは見るまにからだが大きくなり、目がひかるロボットになった。そして、

「コレデ、ドウダ？」と、いまレオンがいったことばをロボットのしゃべりかたでいった。

それから、ロボットの歩きかたで歩いてみせた。「アルキカタワ、コウ。」

「イヤ、ヨクワカッタ。」

と、レオンのロボットが、ロボットのしゃべりかたでいって、うなずいた。

「おじさん、目もひからせなきゃ。」

エリにいわれて、レオンのロボットも目がひかった。

シュンは舌《した》を巻《ま》くばかりだった。さわっただけでレオーネはロボットになりきることができた。レオンだって、レオーネのロボットをまねて、ロボットの声と動きがすぐにできたのだ。

「コノカッコウデ、レンチュウニオイツクノワ、タイヘンダ。フクロウニナッテ、ツイテイク。テキトウナトコロデ、ロボットニナロウ。」

レオンはロボットの口調《くちょう》でそういうと、すうっとからだをちぢめ、あっというまにフクロウになった。

「それじゃ、行ってくるぜ。そんなにおそくならないつもりだ。ひつじ亭《てい》にもどって、じっとしているんだ。石があって、シュンとエリがいればだいじょうぶだろう。」

と、フクロウのレオンはレオンの声でいって、もう暗《くら》くなった夜空《よぞら》に、しずかに飛びたった。

「あとのことはまかせられよ。」

ヒキザエモンがヒカリの肩《かた》でさけんだ。

「レオーネ、もとのすがたにもどりな。」

ハルおばさんにいわれて、レオーネはレオーネにもどった。そして「どうだった？」という笑顔《えがお》でシュンを見た。シュンは「すごい！」と目を大きくして見せた。

シュンはうごかなくなったロボットの前に、もういちどしゃがみこんだ。

ペンライトの光でよく見ていくと、胸《むね》の小さな扉《とびら》の下に、もうひとつ扉があるのに気がついた。扉をひらくと、折《お》りたたんだ紙が出てきた。新聞紙《しんぶんし》一面ほどの大きさの地図《ちず》だ。もうひとりのロボットのからだからも、おなじところからおなじものが出てきた。念《ねん》のために、二枚《まい》とも持っていくことにした。

10　ひつじ亭《てい》の夜はふけて

外が暗《くら》くなっているので、食堂《しょくどう》のランプが明るく見える。

レオーネは眠《ねむ》いから寝《ね》るといって自分の部屋《へや》にもどり、レオネッタはまだ眠くないと、食堂にのこった。

ハルおばさんはみんなに紅茶《こうちゃ》をいれた。ヒカリは、いらないといった。石の近くにいればそれでじゅうぶんで、なにも飲んだり食べたりしないのだそうだ。

紅茶をすすりながら、シュンはレオンのことを考えた。きっとレオンも森《もり》をまもろうと強くねがっているのだ。そして勇気《ゆうき》もある。でなければ、たったひとりでロボットたちのようすをさぐりにいくなんてできないだろう。

そのレオンが「石があって、シュンとエリがいればだいじょうぶだろう」といってくれた。シュンはなんども、そのことばを心のなかでくりかえした。たよりにしてくれているのだ。責任《せきにん》が重いような、うれしいようなことばだった。

「シュンはかえらなくていいの？」

とつぜんハルおばさんがシュンにいった。

「だいじょうぶです。」

とだけ、シュンはこたえた。

「こんなことになるなんて、思いもしなかったよ。」

と、ハルおばさんが大きく息《いき》をついた。

「すみません。」

ヒカリがうなだれた。ハルおばさんは笑《わら》って、いやいやと首を振《ふ》った。

「あんたのせいじゃないよ。あたしはできることはしなくちゃと、思ってるんだ。」

ハルおばさんはあらためて、自分とレオンとヒキザエモンのことをヒカリに紹介《しょうかい》した。ヒカリは、自分たちにはもともと名前はないのだが、さっきレオネッタとレオーネに、ヒカリという名前をつけてもらった、といった。

ヒキザエモンはその場にいなかったことを残念《ざんねん》がり、「ヒカリダユウなど、いまからでもいかがでござろう」などとつぶやいたが、だれもとりあわなかった。

話がとぎれてみんながだまると、どうしてもレオンが無事《ぶじ》かどうか考えてしまう。考えると不安《ふあん》になる。シュンは話題《わだい》をさがした。さっきの地図《ちず》を思いだして、ひろげてみた。二枚《まい》

はまったくおなじ地図だった。

「ほう……。」

ヒキザエモンが興味《きょうみ》ぶかそうにながめた。

「これは、よくできた地図《ちず》でござるな。」

「海図《かいず》、じゃないのですか？」

シュンがそうたずねたのは、地図のほとんどが海だったからだ。海にかぞえきれない島がちらばっている。

「海図なら、海の深さとか海底《かいてい》が岩か泥《どろ》か砂《すな》かなど、かきこんでありましょう。空飛《そらと》ぶ船《ふね》なら、そういうものは必要《ひつよう》ありますまい。どちらかというと、空から見た地図、ということになるでしょうな。ほら、ここがサクラワカバ島でござる。あれとおなじ形でござろう。」

ヒキザエモンは、ひつじ亭《てい》の入り口にかけられたサクラワカバ島の地図を指《ゆび》さした。なるほど、ロボットの地図のかたすみに、おなじ形の小さな島がある。

「ロボットたちは、空飛ぶ船で光の島からきた工兵隊《こうへいたい》だっていいました。光の島って、どこにあるのでしょう。」

シュンがたずねると、ヒキザエモンは「ううん……。」と地図に目を走らせ、

「ああ、これだ。この島でござるな。」

と、地図《ちず》のほぼ中央《ちゅうおう》の島を指《ゆび》さした。エリも身《み》をのりだす。ヒキザエモンはつづけた。

「サクラワカバ島から、船でおそらくひと月はかかる距離《きょり》、われわれとは交流《こうりゅう》はござらん。わが島で光の島について語《かた》られていることは、また聞《ぎ》きのまた聞き、うわさ話ばかりでござるよ。」

「どんなうわさ話ですか？」

「夜がないほどひかりかがやく島だとか、空を飛ぶ乗り物がある夢《ゆめ》の島、などと……。まさかそんなものが、ほんとうにあるとは思ってもみなかったのでござるが……。」

ひかりかがやく都会《とかい》と飛行機《ひこうき》、それはぼくたちの国のようだな、とシュンは思った。

話がとぎれて、エリが、思いだしたようにいった。

「コウヘイタイって？」

「ああ、工兵隊《こうへいたい》、土や木をあつかう兵隊《へいたい》のことでござろう。穴《あな》を掘《ほ》ったり、やぐらをくんだり……、もっとほかのこともするのでござろうが。」

話がとぎれる。シュンは紅茶《こうちゃ》をすする。

「ねえ、シュン」ハルおばさんがいった。「シュンはむこうにかえっているほうがいいんじゃないの？」

「どうしてですか？」

「関係《かんけい》ないことにまきこまれている。」

「ぼくに関係ないですか？」

「光の島と森《もり》の石のことは、こちらの世界のことじゃないか。シュンを危険《きけん》な目にあわせたくないんだよ。」

シュンはハルおばさんを見た。本気《ほんき》でそう思っているらしかった。エリを見た。かたい表情《ひょうじょう》をしている。シュンは、からになった紅茶《こうちゃ》のカップを見ながら考えた。

——エリもぼくにかえってほしいと思っているのだろうか。

——ぼくは危険《きけん》な目にあいたくないと思っている。でも、ここにいたい。

——へんだな。エリがキノコのひとたちをかくまうといったときには、まったく乗《の》り気《き》じゃなかったのに、いまではなんとかしなくちゃ、と思いかけている。

シュンはこたえた。

「考えてもみてください。石のそばでねがうとき、ぼくのほうがロボットを遠くまで飛ばせるんですよ。ぼくがいたほうがいいと思いますよ。」

「いばってる」と、エリがいい、「いやいや、たしかに、シュン殿《どの》がいれば力強《ちからづよ》うござるな。」ヒキザエモンがうなずいた。

ハルおばさんはため息《いき》をついた。

11　キャプテン・サパーはいいやつ

とつぜん、ドアがらんぼうにノックされた。

「だれ？」

ハルおばさんが声をかけると、

「ぼくだ。」

と、レオンの声がする。でかけてから一時間ほどたっている。ドアをあけると、ころがるようにはいってきたレオンの、ズボンと靴《くつ》が血《ち》に染《そ》まっていた。みんなは息《いき》をのんだ。

「だいじょうぶ、だいじょうぶ。」

と、レオンは壁《かべ》でからだをささえながら片足《かたあし》で歩いて、ソファーにたおれこんだ。

「だから危険《きけん》だっていったじゃないの。」ハルおばさんは顔をしかめた。

「骨《ほね》は折《お》れていない」と、レオンが肩《かた》をすくめた。

「でも、歩けない。」

といったのは、レオーネだった。さわがしくて起《お》きてきたのだろう。

「ああ、もう！　心配《しんぱい》させて！」レオネッタが大きな息《いき》をついて、いすにすわりこんだ。

ハルおばさんは薬箱《くすりばこ》と強い酒《さけ》をとってきた。ズボンや靴《くつ》をぬがせないのかと、シュンは思ったが、考えてみるとズボンも靴もレオンのからだの一部だった。

傷口《きずぐち》を酒で消毒《しょうどく》するとき、レオンは顔をしかめた。

「痛《いた》い？」エリがきくと、「お酒がもったいない」とレオンは負《ま》け惜《お》しみをいった。

とうぜん、ほうたいはズボンの上から巻《ま》かれた。

「あの銃《じゅう》で撃《う》たれたのでござるか？」

レオンは肩《かた》をすくめてうなずいた。

「あんた、危険《きけん》なまねなどしないって、あたしにいったんじゃなかったかい？」

「いったいどうして撃《う》たれるようなことになったの？」

みんなが口々にたずね、

「待《ま》ってくれ」とレオンが手をあげた。「水をいっぱいくれないか。」

エリが大きなコップにくんできた水を、レオンはごくごくと飲んだ。ふうと長い息《いき》をついて、横《よこ》の小さなテーブルにコップをおき、顔をしかめながら、らくな姿勢《しせい》をあれこれためし、姿勢がきまると、話しはじめた。

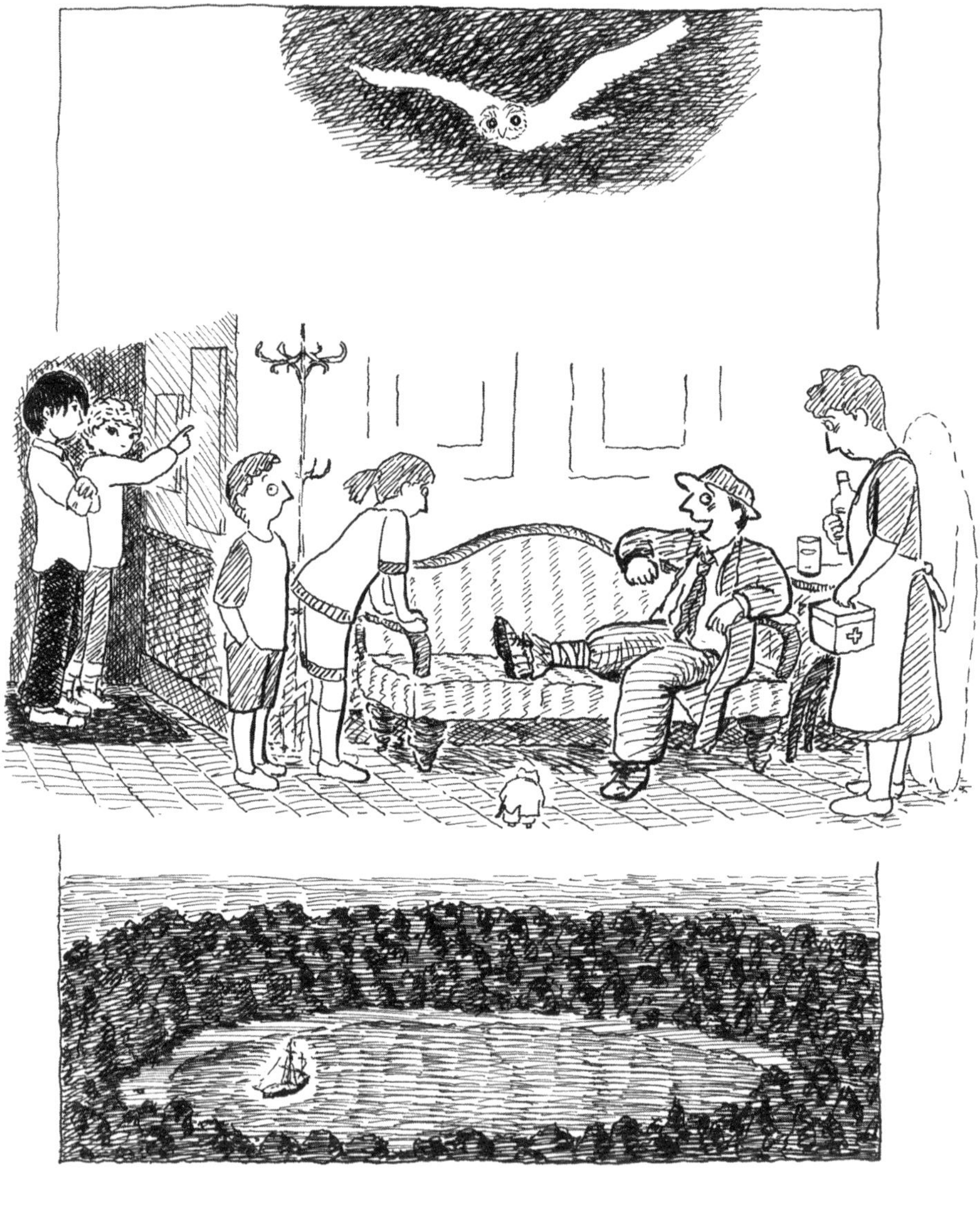

「フクロウになったぼくは、すぐに連中《れんちゅう》をみつけた。なにしろ目がひかるんでね。ぼくはフクロウのまま、ロボットたちのあとになりさきになりしてついていった。四十分ほどで湖《みずうみ》に着《つ》いた。」

「どちらの?」エリがたずねると、レオンは「大きいほう、南の湖」と、こたえた。

エリはシュンをうながして立ちあがり、ドアの横《よこ》の通路《つうろ》に貼《は》ってあるサクラワカバ島の地図《ちず》を指《ゆび》さして、南の湖の場所をしめした。「ここ。」

レオンはつづけた。

「雲が切れて、すこし欠《か》けた月が湖《みずうみ》を照《て》らしていた。ぼくがそこで見たものは、信《しん》じられないものだった。百年もまえにつかわれていたような帆船《はんせん》が、湖に浮《う》かんでいたんだ。岸辺《きしべ》の砂浜《すなはま》には、上陸用《じょうりくよう》につかうボートがひきあげられて、おいてあった。」

そこでレオンは水をもうひとくち飲んだ。

「空飛《そらと》ぶ船《ふね》……」と、シュンがつぶやいた。

「そう。」レオンがうなずいた。

「ぼくは、フクロウから、まずテントウムシになった。ボートの近くの木にとまって、ようすをさぐろうと思ったんだ。

連中《れんちゅう》がやってきた。ロボットたちはそのあたりにばらばらに腰《こし》をおろし、ひとり立ったたままのリーダーがしゃべった。

連中《れんちゅう》はみょうにむかしふうなんだ。ロボットをつくる技術《ぎじゅつ》があるなら、リーダーの命令《めいれい》なんか、わざわざしゃべったりしないで、電波《でんぱ》とかなにかでつたえることもできそうなもんじゃないか。それを人間の兵隊《へいたい》みたいに、リーダーが話して、みんながきくんだよ。そのみんなも、ロボットなんだからまっすぐにつったってればいいじゃないか。なのに、あちこちに腰《こし》をおろしてやすむんだ。人間みたいにね。

そう、リーダーがこんなことをいった。

『ワレワレガトバサレタノワ、ヤツラガ、モリノイシヲツカッタセイト、カンガエラレル。ヤツラノナカニ、アチラノセカイノモノガ、イルラシイ。』

みんながシュンを見た。

「あちらの世界のもの、でござるか……。」

ヒキザエモンがつぶやき、シュンからエリに目をうつした。エリが、あ、と口をあけた。

「わたしのお父さん、あちらの世界のひとだったから、シュンほどじゃないけど、わたしにもつかえたんだ。」

なるほどそうか、とみんなうなずいた。けれど、なぜぼくたちの世界のものにそんな力があるのだろうと、シュンは思った。レオンがつづけている。

「リーダーはこんなこともいった。

『ソレヲフセグチカラヲツケルタメニ、ホンセンヲ、イッタンステル。モリノイシヲ、テーイレレバ、ホンセンヲ、マタフッカツサセラレル。』」

「それをふせぐ力って、なんでしょう。」

シュンはたずねないではいられなかった。ヒキザエモンがこまった顔でいった。

「〈あっちへ行け〉が、きかなくなる、ということでござろうな。」

レオンもうなずいて、つづけた。

「それは……。とにかくそういったんだ。リーダーはそのあと、みんなにいった。各自《かくじ》こわれたところを二十四時間以内に修理する、じゅうぶん休息《きゅうそく》をとってあしたの夜、九時にふたたび攻撃《こうげき》をおこなう、とね。連中《れんちゅう》は自分で自分を修理できるんだ。いやそれよりも、ロボットに休息だぜ。

それで解散《かいさん》となった。せっせと修理をはじめるものもいれば、とにかくやすむものもいた。ぼくは木のかげでロボットに変身《へんしん》した。ロボットたちがあちらこちらにちらばったから、わからないだろうと思ったんだ。」

そこでレオンは、すこしだまって、また水を飲んだ。傷《きず》が痛《いた》むのか、なにか考えているのか、シュンにはわからなかった。レオンはきゅうにこういった。

「あとは、要点《ようてん》だけ話す、ということでゆるしてほしい。」

ハルおばさんは大きくうなずいた。

「もちろん、そうしてちょうだい。はやくやすんだほうがいいよ。」

「ありがとう。どういうふうにしてそのことを知ったのか、などというくわしいことをたずねないできいてくれ。まず、リーダーは、キャプテン・サパーというういいやつなんだ。」

「いいやつ……？」思わずシュンは口にしてしまった。

「まわりのロボットたちがそういったんだ。あの、そういうことをたずねないできいてくれるかな？」レオンは苦笑《にがわら》いをうかべた。

「ごめんなさい。」シュンはうなずきながら、あやまった。

「サパーたち、光の島の工兵隊《こうへいたい》、八人のロボット兵《へい》は、四十年まえにつくられた。つくったのはロメオ。」

ロメオという名前をきいて、ヒキザエモンが背筋《せすじ》をのばして、天井《てんじょう》を見た。

レオンはつづけている。

「工兵隊《こうへいたい》の役目《やくめ》は、あちこちの島から森《もり》の石をあつめてくることだ。というのは、光の島の繁栄《はんえい》は、森の石の力にささえられているからね。明《あ》かりも動力《どうりょく》も、空を飛ぶ船《ふね》も、そう、八

人のロボット兵《へい》だって森の石の力でうごくんだ。もっともいまは六人になったけれど。ロボットの銃《じゅう》もそう。森の石のエネルギーが発射《はっしゃ》される。」

「しかし、いったいどういうしくみで、石が船を飛ばすのでござろう。」

口をはさんでしまったヒキザエモンを、レオンは横目《よこめ》で見た。ヒキザエモンは目を大きくして、口の前にひとさし指《ゆび》を立て、うなずいた。

「それは知らない。とにかく、はじめのころはうまく森《もり》の石をあつめることができた。あちこちの島から、こっそりあつめたようだ。けれど、だんだんあつめにくくなってきたらしい。いちど石を掘《ほ》りだしてしまうと、そのショックで森が弱《よわ》くなってしまったり、枯《か》れてしまったりして、もとにもどりにくいらしいんだ。石を手に入れても、少ない量《りょう》なら光の島にもどらず、自分たちのエネルギーとしてつかうようにロメオに命令《めいれい》されている。」

「ロメオ……。」

なにかいいかけてヒキザエモンは、こんどは両手《りょうて》で自分の口をおさえた。

「サパーたちは、ここ十年、光の島にもどっていない。むずかしいんだ。五月か六月にひかいかいるひとがおどっているのをみつけなくては、森の石はみつからない。キノコのひとたちのことだな。島をつかって、ひかるひとの踊《おど》りをみつける。五月、六月に手に入れられなければ、エネルギーを浪費《ろうひ》しないように、船とロボットたちは、どこかの島でこっそりねむっているらしい。わかったことは以上《いじょう》だ。」

レオンはそこまで話して、のこりの水を飲み、もういちど大きく息《いき》をついた。

「そう、か……。」ヒカリがつぶやいた。

「しかし探偵《たんてい》が本業《ほんぎょう》とはいえ、短いあいだによくそこまでしらべることができたものでござるな。」

と、ヒキザエモンがいった。シュンもおなじことを思っていた。

「だから」と、レオンはみんなを見まわした。「あしたの夜九時まで、連中《れんちゅう》はこない。それまでに、石を持ったヒカリをつれて、どこか、連中の知らないところに逃《に》げよう。連中があきらめてかえってくれれば、森《もり》の石は森にかえす。それでいいだろう。」

「すみません。」

ヒカリは頭をさげた。

「しかし、どこへ逃《に》げればいいのでござろう。」

ヒキザエモンが首をひねった。ちょっとのあいだみんなだまったが、エリが顔をあげた。

「タンポポ号《ごう》。」

「なるほど。」

その手があったかと、レオンが二度大きくうなずいた。

「あす、移動《いどう》しよう。ロボットたちがあきらめるまで、もしかすると何日か逃《に》げていなくちゃならないかもしれない。ちょっと準備《じゅんび》がいるな。」

「食料《しょくりょう》の準備はわたしがするよ」とハルおばさんがいった。「ロボットたちに攻《せ》めてこられてもいいように、店はしめよう。ここにある食材《しょくざい》はタンポポ号《ごう》にはこべばいい。ヒキザエモンさんは、よその宿《やど》に泊《と》まってくれる？」

「不肖《ふしょう》、ヒキザエモン、タンポポ号に乗りこんで、助太刀《すけだち》をいたす。」

ヒキザエモンは胸《むね》をはった。

「ふしょうって？」レオーネが小声でシュンにたずねた。

「うーん、たいしたものではありませんが、という感じかな」とシュンがこたえると、レオーネは「なるほど」とうなずいた。

「謙遜《けんそん》していうことばでござるよ」と、ヒキザエモンが小声でつけたした。

そのあと、レオンはハルおばさんにささえられ、二階《かい》の自分の部屋《へや》にあがった。

「タンポポ号って、レオンのヨットなんだ。」

と、エリが食堂《しょくどう》の入り口に、シュンをつれていった。シュンは、そのかわいい名前のものはいったいなんだろうと思っていたところだった。

「何年かまえに、あるひとの息子《むすこ》さんがむこうの世界にまぎれこんでしまったのを、レオン

がつれもどしたんだ。そのお礼《れい》にってヨットをくれた。ほら、これ。」

　エリは地図《ちず》の横《よこ》にかざってある額《がく》のなかの写真《しゃしん》を指《ゆび》さした。一枚《まい》は海を走っているところで、もう一枚は陸《りく》にひきあげられて、船台《せんだい》に乗っているヨットだ。修理《しゅうり》したときのものだろう。

「タンポポ号《ごう》は外洋《がいよう》でも航海《こうかい》できるクルーザー。」

「外洋？　クルーザー？」シュンはこのことばをはじめてきいた。

「外洋って、外の海。湖《みずうみ》とか湾《わん》のなかとか、岸《きし》の近くとかじゃない海ね。クルーザーは、船室《キャビン》があって、なかに泊《と》まりながら航海《こうかい》できるヨット。タンポポ号の長さは三十フィート、まあ十メートルたらずってとこ。四人ぶんの寝台《バース》——船のベッドね——がある。船は港《みなと》にとめてあって、ここから二十分ちょっとで行ける。ほら、ここ。」

エリは地図《ちず》のなかの港を指《ゆび》さした。シュンは地図の港、ひつじ亭《てい》、帆船《はんせん》がとまっているという湖《みずうみ》を見くらべた。すると、あれ？　と思った。

「ねえ、レオンは四十分ほどで湖に着《つ》いて、あんなにたくさんのことをしらべてかえってきたというのに、ぜんぶで一時間くらいしか、かかっていないね。」

「なるほど、さようでござるな。」

ヒキザエモンもふしぎそうにいった。

「それはね」レオーネが地図《ちず》のところにきて、指《ゆび》さしながら説明《せつめい》した。「湖《みずうみ》のそば、このあたりに大きな岩があるんだ。そこにむこうの世界への通路《つうろ》があって、小学校のプール横にある陶芸室《とうげいしつ》の壁《かべ》につうじているんだよ。陶芸室から裏庭《うらにわ》のプラタナスまでは歩いても一分だろ。フクロウにでもなれば、すぐにもどってこられるわけさ。」

そんなところにも通路があったんだとおどろくシュンに、エリが小声でいった。

「そこも番人《ばんにん》のいない通路《つうろ》。」それからレオーネにいった。「あんた、むこうの世界のこと、どうして知っているの？　むこうには、行ったことがなかったんじゃないの？」

レオーネは首をすくめて、へへ、と笑《わら》った。

12 逃《に》げだしたうちのネコ

つぎの日の明《あ》け方《がた》、シュンは夢《ゆめ》を見た。

きみょうな姿勢《しせい》でたおれたロボットがむっくり起《お》きあがって、シュンを弱《よわ》くひかる目で見つめていうのだ。

「ワタシタチヲ、コワシテ、ウレシイカ。」

「うれしくなんかない！」

とさけんだところで、目がさめた。

——銃《じゅう》をこちらにむけなければあんなことにならなかったんじゃないか。こわしてうれしいはずがあるもんか。いやな気分《きぶん》だ。このあとも、できるだけこわしたくない。でも、ただ撃《う》たれるというのはごめんだ。

そんなことをずっと考えていた。

「おい、きょうのシュンは、なにか考えこんでいるぞ。」

という、岸《きし》の声がきこえた。掃除《そうじ》がおわって、終わりの会がはじまるまえのことだ。その日は、よその学校の先生もあつまる研究会《けんきゅうかい》とかが桜若葉《さくらわかば》小学校であり、午後《ごご》の授業《じゅぎょう》はなかった。

「考えるぼんやりって、はじめて見たな。」

いつものように、白井《しらい》がまとめた。

「そうだ、さっき陶芸室《とうげいしつ》のあたりで、ひさしぶりにゆうれいネコをみたぜ。」

と、三谷《みたに》がいった。

「もういいよ、ゆうれいネコのことは。」

白井がうんざりした調子《ちょうし》でいった。

――エリだ！

シュンはどきっとした。

終わりの会のあと、シュンはかばんを教室のロッカーにおしこんで、プール横《よこ》の陶芸室《とうげいしつ》へ行った。陶芸室はスレートでかこまれた小屋《こや》だ。

注意ぶかく見つめながら陶芸室のまわりを歩くと、通路《つうろ》の場所はすぐにわかった。壁《かべ》にゆらいで見えるところがある。まわりにだれもいないのをたしかめて、顔をつっこんだ。

見えたのは森《もり》だった。あのプラタナスのあたりの、のびのびとそだったトチノキの森とはちがって、もうすこし背《せ》の低い木が多い。整然《せいぜん》とふりつもった落《お》ち葉《ば》の地面《じめん》ではなく、こちらは石ころだらけだ。大小の石の間から背《せ》の高い草《くさ》が、あるところはまばらに、あるところはかたまってはえている。見える範囲《はんい》には、だれもいない。

もういちどこちらの世界の背後《はいご》をたしかめてから、シュンは石で音をたてないように注意《ちゅうい》して、森《もり》のなかに足をふみだした。ふりかえると、陶芸室《とうげいしつ》とおなじくらいの大きな岩から出てきたところだ。そっと岩をまわりこむ。

すると、むこうに湖《みずうみ》が見えた。

木造《もくぞう》の帆船《はんせん》が浮《う》かんでいた。

——すごい……！

これが空を飛んできたのだ。古そうだった。帆《ほ》は張《は》っていない。ロープなど何本もちぎれている。それでも、それが水に浮かんでいるというだけで、心をうばわれる。

静《しず》かだった。エリはどこにいるのだろう。この位置《いち》からは、レオンのいっていた、岸辺《きしべ》の砂浜《すなはま》が見えない。そこにボートがあって、ロボットたちが六人いて、自分を修理《しゅうり》しているはずなのだ。とにかくロボットたちが、どこでどうしているのかわからないうちは、めだつことをしてはいけない。シュンは姿勢《しせい》を低くして、岸辺をうかがってみた。

草《くさ》が多くてよく見えない。なんの音もきこえない。

修理《しゅうり》をしていればなにかの音がきこえてもいいのじゃないか、とシュンは思った。もしか

して、エリはロボットたちにつかまって、どこかにつれていかれているのではないだろうか。きゅうに不安《ふあん》になった。
もうすこしむこうに行けばようすがわかる。もうすこしだけなら、ちかづいてもいいだろう。いざとなれば、岩に逃《に》げこめばいい。そう思った。
シュンはふりかえり、ふりかえり、岩までの距離《きょり》をたしかめながら、背《せ》を低くしてすすんだ。草《くさ》をゆらしたり小石で音をたてたりしないように気をつける。十メートルほどすすむと、草の間から、みょうなものが見えた。なにかがおいてある。もうすこしすすむと、それは三人のロボットだった。岸辺《きしべ》にたおれている。ねむっているのかもしれない、そう思って、ロボットがねむる？　と首をひねった。ボートは見えない。

――あとの三人はボートに乗っているのだろうか。

そう思ったとき、帆船《はんせん》のほうから音がきこえた。シュンはからだをかたくして、帆船を見つめた。

すると、なんと帆船の甲板《かんぱん》から、ボートがすうっと浮《う》かびあがった。三人のロボットがボートに乗っている。

ボートが浮かびあがると、帆船《はんせん》は力をうしなったようにしずみはじめた。ごぼごぼと水がながれこむ音が、しずんでいく船からきこえる。やがて船底《ふなぞこ》が湖《みずうみ》の底《そこ》についたらしく、船《せん》体《たい》の材木《ざいもく》がこすれ、きしむ音と、水をおしわける波《なみ》の音を湖の森《もり》にひびかせ、ゆっくりとかたむいていく。

それと同時《どうじ》に、空中《くうちゅう》のボートがすべるように岸《きし》へ移動《いどう》していく。

とつぜん、なにか湿《しめ》ったものが、しゃがんでいるシュンの腕《うで》をつっついた。

びくっとしてふりむくと、白ネコのエリだった。鼻《はな》でついたのだ。エリがささやいた。

「どうしてこんなところに？　でも、話はあと。」

帆船《はんせん》のかたむいていくのがとまり、ボートが岸《きし》の砂地《すなち》におりたとき、シュンとエリの背後《はいご》で、だしぬけに、きみょうな声がひびきわたった。

「アヤシイヤツデヤス！　アヤシイヤツデヤス！」

はっと声のほうを見あげると、あの黒い鳥が空中《くうちゅう》にとどまってさけんでいる。

シュンは、とっさに石をつかんで鳥めがけて投げつけた。あたると思わなかった石が、鳥の尾羽《おばね》をかすめるように、かるくあたった。鳥はそれだけでバランスをくずし、ばたばたと地面《じめん》におちた。岸辺《きしべ》をふりかえると、ロボットたちがなにかさけび、石をけちらして走ってくる。

「逃《に》げるよ！」

小声でエリがいって、ふたりは走りだした。

ほんの十メートルほどが百メートルにも思えた。おそろしくてふりかえることができない。

岩をまわりこんで、エリとシュンは、ゆらいでいるところにとびこんだ。


「わあ！　びっくりした！」

とびこんだとたんに、さけばれて、エリもシュンもかたまった。

陶芸室《とうげいしつ》の横《よこ》でさけんだのは、知らない男のひとだった。

「きみ、さっきからそこにいた？」

たずねられてシュンは、きょうの午後《ごご》、学校でなにかの研究会《けんきゅうかい》があることを思いだした。

それに出席《しゅっせき》するよその学校の先生が、ちょうどそこにいたらしい。いまのいいかたは、陶芸《とうげい》室《しつ》の壁《かべ》から出たところを見られたわけでもないようだ。

「あ、はい。あの、ですね。うちのネコが逃《に》げだしてですね、いまやっとここでみつけたところなのです。」

シュンはそういって、白ネコを抱《だ》きあげた。ネコはびくっとしたが、だまって抱かれた。

「なんだ、そうか。いたのか。いや、とつぜんあらわれたのかと思ったよ。かわいいネコだね。名前はなんていうの？」

おどろいたことの照《て》れ隠《かく》しのように、そのひとはたずねた。

「エリです。」

「エリ。人間みたいな名前だなあ。」

シュンはネコを抱《だ》きなおして、肩《かた》をすくめた。

「人間みたいなネコなんです。じゃあ、失礼《しつれい》します。」

このぶんでは中庭《なかにわ》にも、何人もひとがいるだろうと、ネコを抱いたシュンは足早《あしばや》に、裏庭《うらにわ》のほうにむかった。

学校の裏庭《うらにわ》のプラタナスからはいって、サクラワカバ島のプラタナスから出る。

トチノキの林にきて、やっとシュンは息《いき》をついた。

「人間みたいなネコをおろして。」

いままでしゃべらないネコの役《やく》をしていたエリがいった。シュンはエリを、枯《か》れ葉《は》がいっぱいの地面《じめん》におろした。

「いやあ、びっくりしたなあ。」

と、シュンがいうと、

「びっくりだらけ。」

と、エリがこたえた。

「フジイ・シュンが湖《みずうみ》にやってきたこと。黒い鳥にみつかったこと。シュンが石を鳥にあてたこと。ロボットに追《お》いかけられたこと。陶芸室《とうげいしつ》の横《よこ》にひとがいたこと。ほんとにびっくりだらけ。フジイ・シュンは、どうしてあそこにきたんだ？」

と、横を歩きながら白ネコはシュンを見あげた。

「陶芸室《とうげいしつ》のあたりできみを見かけたといううわさをきいたから、危険《きけん》なことになっていないか心配《しんぱい》になって、ね。」

ネコは一瞬《いっしゅん》足をとめて、もういちどシュンを見あげた。

「人間のすがたのフジイ・シュンがあんなところにあらわれるほうが、よっぽど危険だ。」

「ああ、それから、石が鳥にあたったのは、まったくの偶然《ぐうぜん》だから、石投げの名人《めいじん》なんて思わないでね。あたってよかった。あたらなければ、岩のなかにはいるのを見られるところだった。」

「陶芸室《とうげいしつ》からロボットが出てきたらどうしようかって思った。」

と、エリはつぶやくようにいった。

トチノキの林の丘《おか》をふもとにむかいながら、シュンがたずねた。

「ロボットたちのこと、なにか、わかった？」

ネコのエリは、シュンとおなじ速《はや》さで歩きながら話した。

「わたしがあそこに着《つ》いたときは、みんな自分のからだを修理《しゅうり》していた。わたし、もっとちかづいてみたんだ。話がきこえるくらい近くに。だれかとちがってネコだからね。

とつぜん、ひとりのロボットが、自分は九時の攻撃《こうげき》までに修理がおわらないようだって、いいだしたんだ。あとふたりも九時にはむずかしいっていった。するとキャプテン・サパーが、あとのふたりの修理のすすみぐあいをたずねた。このふたりはなんとかなるってこたえた。

そのあと、サパーは、修理《しゅうり》がむずかしいといった三人に、ひとりずつなにか話した。それから三人はよこたわり、胸《むね》の扉《とびら》をあけた。サパーはそこからとりだしたものを、元気な三人でわけて、自分たちの胸《むね》に入れたんだ。

それからサパーはそのふたりをつれて、ボートに乗って帆船《はんせん》にむかった。それで帆船の森《もり》の石もとりだしたみたい。きのうレオンがいっていた、本船《ほんせん》をいったん捨《す》てるってそういうことだったんだね。」

「ああ、そこからはぼくも見ていた。」

「つぎはレオーネのこと。」

「レオーネのこと?」

「そう。きのうの夜、レオーネはレオンといっしょに、ロボットたちのようすをさぐりに行っていた。」

「え? でも、レオーネはいたよ。」

「あれはレオネッタ。きのうの夜レオンがでかけているあいだ、レオネッタとレオーネは同《どう》時《じ》にあらわれなかったでしょ。レオネッタが変身《へんしん》してふたりぶんやっていたんだ。あのあと、わたし、ふたりにきいてびっくりしたよ。レオネッタが計画《けいかく》したんだって。ああ、このことはハルおばさんにはないしょだからね。」

「そうだったのか……。」とシュンはうなずいた。「それじゃくわしく説明《せつめい》できないわけだ。だから、レオンは要点《ようてん》だけ話すっていったんだ。いやあ、おどろいたなあ。」

「きのうの夜、ハルおばさんが食堂《しょくどう》の台所《だいどころ》であしたの用意《ようい》をしていたとき、レオーネとレオネッタにさそわれて、レオンの部屋《へや》に行ったんだ。ヒキザエモンさんも呼《よ》んできた。そこでなにがあったかきいた。あんなに短い時間であれだけのことをさぐりだせたのは、レオーネがキャプテン・サパーやこわれたロボットにさわれたから。」

「キャプテン・サパーはいいやつ……。」

「そう。あれはレオンが口をすべらせたところ。

レオーネは、あのこわれたロボットに変身《へんしん》していたでしょ。あのロボットからの情報《じょうほう》で変身したんだから。すると、サパーがレオーネに声をかけたんだ。『ジャック！　ブジダッタノカ！』って。あのこわれたロボット、ジャックっていうんだね。でもサパーはそのあとすぐ、おかしいって思った。森《もり》の石をぬきとったはずなのに、なぜここにいるんだ、って。そして銃《じゅう》を手にとったんだ。もうばれるって思ったレオーネは、サパーのひざのあたりに手をかけて、いった。『キャプテン・サパー、キイテクダサイ。』それだけでじゅうぶんだったみたい。そのあとすぐ、『テン！』とさけんだ。

レオンと決《き》めてあったんだって、テンとさけぶのが、テントウムシに変身《へんしん》して逃《に》げる合《あい》図《ず》って。サパーが『テン？』と首をひねる一瞬《いっしゅん》のすきにレオーネはテントウムシに変身した。でもレオンはレオーネにむけられた銃《じゅう》をけりあげてから変身したから、ふくらはぎを撃《う》たれたんだって。」

「はあ……！」シュンは大きく息《いき》をついた。「レオーネも行っていたんだ。すごいことがあったんだねえ。」

エリはつづけた。

「そのあとフクロウになったレオーネが、カメレオンになったレオンをつかんで、通路《つうろ》を通って、飛んでもどってきた。サパーから手に入れた情報《じょうほう》の大切《たいせつ》なところをレオンに話しながら飛んだんだって。

そういうわけで、サパーの考えていたことはぜんぶレオーネにはわかった。たとえばほら、わたしたちに対抗《たいこう》するために森の石を三人のロボットにあつめたでしょ。パワーをたかめるのはわかる。でも、飛ばされるのをふせぐって、どうすると思う？」

シュンが考えようとするまえに、エリがいった。

「『飛ばされない！』って石にねがうんだって。」

「ねがう……」シュンがあきれたようにつぶやいた。「ねがうだけで、船が飛んだり、ロボットがうごいたりするんだ……。」

白ネコのエリはシュンを見あげた。

「信《しん》じられないでしょ。でも、わたしたちだってねがうだけでロボットを飛ばしたよね。」

そこまで話したところで、ひつじ亭《てい》に着《つ》いた。

ひつじ亭はきょうも〈本日休業《ほんじつきゅうぎょう》〉のふだがかかっている。

ハルおばさんがいくつもの箱《はこ》を用意《ようい》しているのは、ヨットにつみこむ食料《しょくりょう》だろう。白ネコのエリはひょいと窓《まど》から部屋《へや》にはいると、すぐに女の子のエリになって、裏口《うらぐち》の扉《とびら》から出てきた。

「さあ、行きましょう。」

「ハルおばさんをてつだわなくてもいいの?」

「ちょっとしらべておかなきゃいけないことがあるんだ。」

エリはシュンとならんで歩きながら、話しだした。

「きのう、光の島の話に、ロメオってひとが出てきたの、おぼえてる?」

「ああ、ヒキザエモンさんがなにか知っているような感じだった……。」

「フジイ・シュンも気づいていたんだ」とエリはシュンの顔を見た。「あとでヒキザエモンさんにたずねたら、ヒキザエモンさんがむかし、おじいさんにきいた話に出てくる名前だったんだって。ヒキザエモンさんが生まれる十年もまえのことだけど、そのころのサクラワカバ島では有名な話でね、その話に出てくるもうひとりのひとの名前がジュリエットなんだ。」

「ちょっと待《ま》って、それって、シェイクスピアのお芝居《しばい》のこと?」

思わずシュンは口をはさんだ。

「その話じゃないよ。」

こちらの世界のエリが〈その話〉を知っているのだろうか、とシュンは思ったが、だまってきくことにした。

「で、いまから、そのジュリエットにあいにいく。」

いま、だまってきこうと思ったのに、もうだまっているわけにはいかなくなった。

「あの、ですね、ヒキザエモンさんが生まれる十年もまえにうわさがあったひとでしょ？

いま、何歳《なんさい》のひとなの？」

エリはあっさりこたえた。

「九十歳《さい》。」

13　ロメオとジュリエット

エリがシュンをつれていったのは、霧《きり》の広場《ひろば》の通路《つうろ》、ドラゴン像《ぞう》のところだった。

エリは台座《だいざ》の上の、金属《きんぞく》でできたドラゴンに語《かた》りかけた。

「ジュリエット、このひとは、むこうの世界からきているフジイ・シュン。このあいだ、ここを通ったでしょ。わたしたち、ジュリエットに話があって、きたんだ。」

――ジュリエット！　金属《きんぞく》のドラゴンが、九十歳《さい》の、ジュリエット！

シュンはあきれた。

「ね、ジュリエット、ロメオってひとを知っているでしょ？」

エリが話しかけると、ドラゴンの口のあたりがうごいて、かたくこもった声がきこえた。

「ひつじ亭《てい》のエリ、わたしはそんなひとのことは知りません。」

――わ、うごいて、しゃべるんだ。

と、シュンはもういちどおどろいた。エリはつづけた。

「きいて、ジュリエット。要点《ようてん》だけ話すよ。光の島から、ロボットの工兵隊《こうへいたい》が、空飛《そらと》ぶ船《ふね》に乗ってサクラワカバ島にやってきた。いま、南の湖《みずうみ》に、その船を浮《う》かべてる。」

光の島からロボットの工兵隊、ということばで、ドラゴンのからだがびくっとうごいた。

「ロボットたちは、サクラワカバ島の森《もり》の石をうばいとろうとしている。今夜《こんや》九時にひつじ亭《てい》を攻撃《こうげき》するつもり。わたしたち、森の石と、それをせわするキノコのひとをかくまっているから。レオンは銃《じゅう》で撃《う》たれてけがをした。わたしたち、なんとか森の石をまもりたいと思ってる。そのために、どんな情報《じょうほう》でもほしい。ロボットに命令《めいれい》しているのは、ロメオっていうひと。もしもジュリエットがなにか知っていたら……。」

ドラゴンのからだが、きゅうにトカゲやヘビのようなしなやかさをもったように見えた。いや、見えただけではない。からだ全体《ぜんたい》がうごいている。そして、さっきとはちがって、女のひとの声でしゃべった。

「それは、ほんとう?」

「ほんとうです。」「ほんとうです。」

シュンも、エリといっしょになってこたえていた。

「なんてことでしょう!」ドラゴンが空を見あげて肩《かた》をゆらすと、翼《つばさ》と尾《お》もゆれた。「ロメオ……! 約束《やくそく》がちがうじゃない!」

「なんの約束?」「なんの約束ですか?」

エリとシュンが同時《どうじ》にたずねた。ドラゴンはふたりを見くらべた。そして、

「十分ほど待《ま》っていてくれる?」

といったかと思うと、翼《つばさ》を大きくひろげ、ワサワサッとはばたいた。ふたりは風に服《ふく》も髪《かみ》もあおられ、思わず目をとじた。目をあけると吹《ふ》きあげられた枯《か》れ葉《は》がまわりに舞《ま》い、台座《だいざ》から飛びたったドラゴンが、霧《きり》のなかに消《き》えるところだった。


霧《きり》の空を見あげたまま、シュンはつぶやいた。

「ドラゴンが飛びたつところを見られるとは思わなかった。」

「わたしだって、はじめて見た」と、エリも小さな声でいった。

ドラゴンが飛ぶのに感心《かんしん》している場合《ばあい》ではないと、シュンは思った。

「ねえ、エリ。ロボットたちは、パワーをたかめて、ぼくたちに飛ばされないようにするんだったよね。」シュンがいうと、エリはうなずいた。「じゃあ、ぼくたちは〈むこうへ行け〉以外《いがい》のことをしなくちゃいけないね。」

エリはもういちどうなずいたあと、眉《まゆ》をよせた。

「わたしもそれを考えていた。でも思いつかない。フジイ・シュンはなにか思いついた?」

シュンも眉《まゆ》をよせ、首を振《ふ》った。

ロボットたちが、こちらの願《ねが》いどおりにならないとすれば、どうねがえばいいのか、見当《けんとう》がつかなかった。

ちょっとふたりはだまった。

とつぜん、エリがいった。

「九十歳《さい》の声とは思えなかったでしょ。ひとのことばをしゃべるものは人間とおなじくらい生きるけど、ドラゴンだけは特別《とくべつ》に長生きなの。」

「ふうん。」シュンは『ロメオとジュリエット』の話を思いだした。「エリはシェイクスピアの『ロメオとジュリエット』を知っているの？」

エリはうなずいた。

「お父さんが本好《ほんず》きだから……。わたしも読んだ。でも、ヒキザエモンさんの話では、ジュリエットは読んでいないだろうって。恋《こい》の話の題名《だいめい》ってことだけを知っていて、自分がジュリエットだから、相手《あいて》の名前をロメオにしたんだろうって。そのひとのほんとうの名前が、ジュリエットにはどうしても気にいらなかったらしい。悲《かな》しい結果《けっか》におわる話だと知っていたら、そんな名前はつけなかっただろうって……。」

「相手の名前をロメオにした……。」

「ヒキザエモンさんは、そんなことでひとの名前をかえるほうも、かえられるほうもあさはかだっていってる。ああ、その相手《あいて》はノジイ・シュンの世界のひとらしい。だから、ロボットに指図《さしず》しているのはきっとそのロメオだ、とヒキザエモンさんは思ったんだって。ほら、むこうの世界のひとは森《もり》の石をつかえるから。」

そのとき、霧《きり》のなかから大柄《おおがら》な女のひとが歩いてきた。

「お待《ま》たせ。」

さっきのドラゴン、ジュリエットの声だった。

九十歳《さい》と思えないのは声だけではなかった。

参観日《さんかんび》に見かける同級生《どうきゅうせい》のお母さんくらいに見える。そしてフラメンコダンスのポスターのような派手《はで》な服《ふく》を着《き》ていた。

「この話は、こういうかっこうで、そのあたりのベンチにでもすわって、したかったの」と、ジュリエットはふたりにほほえみかけた。シュンは、このいそがしいときに服なんてどうでもいいじゃないか、と思ったが口にはしなかった。

ジュリエットは足もとにむかって「じゃあ、おねがいね」と、いった。

「メアリに、まかせなさい。」

とつぜん声がして、なにかがすごいジャンプ力で、台座《だいざ》の上にとびのった。黒っぽい古風《こふう》

な洋服《ようふく》を着《き》たヒキガエルだった。シュンはジュリエットに目をうばわれて、小さなヒキガエルがついてきているのに気がつかなかったのだ。

「お友《とも》だち。ちょっと通路《つうろ》の番人《ばんにん》の役《やく》をかわってもらうことにしたの。じゃあ、行きましょう。」

ジュリエットはさきにたって歩きだした。ふたりは台座《だいざ》の上のメアリにあいさつしてから、ジュリエットに追《お》いついた。ジュリエットは、歩きながら、もう話しはじめていた。

「さっきはびっくりしたわ。むかしの恋《こい》を思いだしちゃった。もちろんいまじゃなんとも思っていないわよ。

そう、その恋の相手《あいて》というのが、ロメオ。ロメオはわたしと同《おな》い年《どし》で、ふたりが十八のときのことだったの。

わたし、エリとおんなじで、しょっちゅうむこうの世界に遊《あそ》びにいっていたのよ。エリならネコで行けるけれど、まさかドラゴンで行くわけにもいかないでしょ。だから、むこうの世界の娘《むすめ》のすがたでね。そのころはまだ小学校はなくて、桜若葉村《さくらわかばむら》のはずれに森《もり》があったの。その森のクスノキが通路《つうろ》。いまは小学校の中庭《なかにわ》のクスノキね。美しい森だったわよ。その森でロメオにであったの。

わたしたち、あっというまに恋《こい》におちたわ。でも、ご存《ぞん》じかしら、ドラゴンの一族《いちぞく》は気位《きぐらい》が高かったの。いまはそうでもないけど、そのころはね。だから、むこうの世界の馬《うま》の骨《ほね》みたいな男とつきあうな、ってみんなにいわれたわ。」

「馬の骨……？」

エリがつぶやいた。

「どういう家柄《いえがら》かもわからない、つまらない男って悪口《わるぐち》ね。いいところで話の腰《こし》を折《お》るわね。つづけるわよ。

そうしてみんなに反対《はんたい》されると、恋《こい》ってたかまるじゃない。わたし、ロメオといっしょにむこうの世界に逃《に》げようっていったんだけど、ロメオは、『いや、ぼくのほうが、むこうの世界を捨《す》てる。こちらの世界で一旗《ひとはた》あげてやろうじゃないか。どこかの島で成功《せいこう》して、馬《うま》の骨《ほね》じゃなくなって、きっときみをむかえにくるぜ。』そういって、この島から出ていったの。手先が器用《きよう》で頭がよかったから、ほんとうに一旗あげるって気がしたわ。

ロメオは船《ふね》に乗りこんで、この島から出ていったの。涙《なみだ》の別《わか》れよ。二十歳《さい》だったわ。わたしたちのことは島《しま》じゅうのうわさになったの。わたしはいたたまれずに家を出て、霧《きり》の広場《ひろば》の通路《つうろ》の番人《ばんにん》になったんだ。そのことでも一族《いちぞく》からはさんざんのしられたけど、像《ぞう》になっていれば、馬の耳に念仏《ねんぶつ》じゃない。それに、そこはロメオにあいにいった通路だし……。ここんとこ、泣《な》かせるわね。

わたし、待《ま》ちつづけたの。待ったわ……、五十年。」

五十年……。シュンは心のなかでつぶやいた。

そこまでしゃべりつづけたところで、ベンチがあらわれた。ニワトリを二羽《わ》ひきつれた庭《にわ》師《し》のおじさんが、ちょうどベンチをタオルで拭《ふ》いているところだった。霧《きり》でベンチもぬれてしまうのだ。ジュリエットはおじさんにお礼《れい》をいって、ベンチにすわった。その隣《となり》にエリとシュンもすわった。

「ほんとうのところ、五十年も待《ま》つと、もうロメオのことはわすれかけていたんだけどね。わたし、七十歳《さい》になっていたわ。ある日、霧《きり》の広場《ひろば》のわたしのもとに、一羽《わ》の黒い鳥がやってきたの。目がひかって、しゃべれるの。」

エリとシュンははっと息《いき》をのんで、顔を見あわせた。ジュリエットはつづけた。

「鳥はわたしにこういったわ。へんなしゃべりかたでね。『ジュリエットさんですかい？』わたしが『そうよ』ってこたえると、『恋人《こいびと》がいなすったら、そのひとの名前を呼《よ》んでくだせえ』なんていうのよ。とつぜんあらわれた鳥にしちゃ、たちいったおねがいよね。けれど〈いません〉なんてこたえたくないじゃない。で、いまこのあたりにいないひとの名前をこたえてやろうと思って、『ロメオ』っていったのね。すると鳥がいうのよ。

『ロメオのことばをつたえるために、光の島から飛んできやした。このあとは、ロメオのこ

とばでやす。』」

そのことばづかいで、シュンとエリはもういちど顔を見あわせた。

「なんてふしぎなんだろうって思ったわ。そのあときこえてきた声は、すこしかすれていたけれど、たしかにロメオの声、ロメオのしゃべりかただったの。

――ハァイ、ジュリエット、いままで連絡《れんらく》しなくて、ごめんよ。きみを、むかえにいこう、むかえにいこうって思いながらきょうまですごしてきたんだ。ほんとだよ。ドラゴンは長生きするだろ。だからもうすこし待《ま》ってもらってもいいだろう、もうすこしいいだろう、そう思っているうちに時間が過《す》ぎて、ぼくはひとり年をとってしまった。」

「七十歳《さい》のロメオ……。」エリがつぶやいた。

「そう、ロメオは人間の七十歳。七十になるまで気がつかなかったのね。」

ジュリエットが肩《かた》をすくめてそういった。

「そのあと、それまでにどんなことがあったか、ロメオは話したわ。

――きみの島を出てからあっちこっちわたりあるいたんだぜ。それで、ある島であったじいさんに、すんごいことをきいたんだ。『むこうの世界からきた人間は、光る石にねがってものをうごかすことができる』ってね。ぼくは、この世界で成功《せいこう》する鍵《かぎ》をつかんだ、と思ったよ。それからというもの、毎日毎日、光る石をもとめて島から島へとさまよったんだ。

そして三十歳《さい》でたどりついた緑《みどり》の島で、ようやく光る石にであったね。ここんとこはちょっとはしょるけど、それを、まあ、強引《ごういん》に手に入れたんだな。それからそれを目ざめさせた。そして、それをあやつることをおぼえたんだ。」

ジュリエットはどうしてこんなに正確《せいかく》におぼえているのだろう、とシュンは思った。ジュリエットはつかえることもなくつづけた。

「――ぼくにわたすのをいやがったものたちは、光る石のことを森《もり》の石と呼《よ》んでいたよ。それをあやつれる男として、ぼくは緑の島で出世《しゅっせ》したのさ。へへ、緑の島には、ぼくのほかにむこうの世界からきたものがいなかったからな。四十歳《さい》でぼくはその島でいちばん重要《じゅうよう》な人物《ぶつ》になり、島の名前も『光の島』と、ぼくがかえた。夜もひかりかがやき、島のだれもがゆたかな暮《く》らしだぜ。

もうじゅうぶん、きみをむかえにいく資格《しかく》ができた、そう思ったよ、ぼくは。けれどさあ、ぼくがいなければこの国はやっていけないんだなあ。解決《かいけつ》しなきゃならん課題《かだい》がつぎつぎに出現《しゅつげん》するんだよね。それやこれやで、きみのところへ行く決心《けっしん》がつかなかったんだよ。あやまる。

光の島の繁栄《はんえい》は、森の石がささえているんだ。島じゅうの森の石を掘《ほ》りだしたね。すると光の島の森の石がなくなった。それだもんで、よその島から森の石を手に入れてるんだ。そのために空飛《そらと》ぶ船《ふね》と八人の工兵隊《こうへいたい》ロボットをつくって、森《もり》の石をさがす鳥をつくった。いまきみの前にいるのとおなじタイプの鳥ロボットさ。すべて森の石の力でうごいているんだ。

でも、ジュリエット、ちょいとこまったこともあってな。森の石をとってしまうと、その森が荒《あ》れてしまうってことなんだ。木が枯《か》れて草《くさ》も枯れ、荒《あ》れ地《ち》になって、雨で土がながれてしまう。これをなんとかしようと、いま研究《けんきゅう》しているところでね。うん、まあ、なんとかなるって思ってる。いままでみたいにさ。

こうしているあいだもキャプテン・サパーが工兵隊《こうへいたい》をひきいて、森の石を手に入れるための航海《こうかい》をしている。旅《たび》をしては森の石を持ちかえってくれるんだ。はじめは無人島《むじんとう》からとってきたんだけどさ、最近《さいきん》はひとがすんでいる島からもとってくるようになってしまった。ちょっとひどいことをしているかもな。ああ、でもジュリエット、安心《あんしん》してくれ。きみがいるサクラワカバ島からとってきてはならない、といいつけてあるからね。」

シュンとエリはジュリエットの話をここまできいて、約束《やくそく》がちがう、といったわけがわかった。

「――森を枯《か》れさせないで、森の石を手に入れる方法を完成《かんせい》させれば、そのときこそぼくはきみをむかえにいくよ。きっと行くから待《ま》っていておくれ。

愛《あい》してるよ、ジュリエット――。」

そこで、ジュリエットは、口をとじた。

「それで、おしまい、ですか？」

シュンが小さな声でたずねた。ジュリエットはうなずいた。

「そのあと、ロメオは？」

エリがたずねた。ジュリエットはうつむいて、いやいやをするように首を振《ふ》った。

「それから二十年がたつの。もどった鳥ももうこないし、ロメオもまだこないのよ。」そして、顔をあげてエリとシュンを見てにっこり笑《わら》った。「わたしの話が、なにか役《やく》にたったかしら。」


ジュリエットにお礼《れい》をいって、シュンとエリはひつじ亭《てい》にむかった。

霧《きり》の町を歩きながら、エリがつぶやくようにいった。

「わすれかけていたなんていっていたのに、ずいぶんしっかりおぼえていたんだね、ロメオのことば……。」

シュンはエリのことばにうなずきながら、ロメオってふしぎなひとだなあと思った。あさはかかもしれないが、才能《さいのう》あふれるひとでもあるようだった。

14 霧《きり》の港《みなと》のタンポポ号《ごう》

シュンとエリがもどると、ひつじ亭《てい》の前に荷馬車《にばしゃ》が着《つ》いたところだった。ハルおばさんが御者台《ぎょしゃだい》からおりてきた。

おばさんとエリとシュン、レオネッタとレオーネで、荷馬車に荷物《にもつ》をいくつもつみこんだ。いちばん大きな荷物は、ヒカリだった。ぼうっとひかるひとが港《みなと》に行くところを、だれかに見られないほうがいいだろうと、大きな袋《ふくろ》にはいってもらったのだ。ヒカリはそれほど重くはなかった。

荷物をつみこむと、そのうしろに、まずレオンが足をのばし、それからヒキザエモン、シュンとエリ、レオネッタとレオーネが乗りこむ。ハルおばさんが御者台《ぎょしゃだい》にすわり、馬車《ばしゃ》は霧《きり》の町にむかって、ゆっくりとすすみだした。

シュンとエリはまわりを注意《ちゅうい》して見ていたが、目がひかる黒い鳥は見あたらない。霧のなかにはいると、すこしほっとした。

「きのうはすっかりだまされました。」

レオネッタとレオーネの耳もとでシュンがささやくと、ふたりは、にやっと笑《わら》った。

エリはみんなにジュリエットの話をつたえた。

「ロメオもジュリエットも、かわいそう。」

と、レオネッタがため息《いき》をついたが、ヒキザエモンは微妙《びみょう》な表情《ひょうじょう》をした。

「どうかした？」

エリにたずねられて、ヒキザエモンはいいにくそうに、あごをなでた。

「いやいや、いまの話ではロメオがジュリエットを想《おも》いつづけていたようにきこえるのでござるが、べつのところできいた話では、ロメオは遠くの島で成功《せいこう》して、ジュリエットのことをむかえにも行かず、けっこうたのしくくらしていた、ということでござった。」

「それはだね」レオンが口をはさんだ。「けっこうたのしくくらして七十歳《さい》になったロメオが、それまでの人生《じんせい》をふりかえって、ああ、やっぱりジュリエットがいちばんすきだった、と思いだしたんじゃないかな。」

「なんだか、かってな話でござるな。」

と、腕組《うでぐ》みをするヒキザエモンに、レオンは肩《かた》をすくめて見せた。

「ジュリエットのほうだって、本気《ほんき》で『ロメオ』ってこたえたわけじゃなかったんだろ？」

「ということは、ロメオもロメオなら、ジュリエットもジュリエット、というところでござるな。」

御者台《ぎょしゃだい》のハルおばさんがふりかえった。

「そういうことは本人《ほんにん》どうしにまかせておいて、あたしたちのことを考えたほうがいいんじゃないかね。」

レオンは首をすくめて、レオーネにささやいた。

「サパーの記憶《きおく》のなかでは、ロメオの約束《やくそく》はどうなってる？」

レオーネは目をとじて、キャプテン・サパーの記憶をさぐり、小声でこたえた。

「それはね、なにが大事《だいじ》かという問題《もんだい》なんだ。いちばん大事なのは森《もり》の石を持ってかえることだろ。十年も森の石を島に持ってかえっていないんだ。サパーたちが持ってかえらないと、光の島では手にはいらない。もう約束《やくそく》をまもっている場合《ばあい》じゃない。このあたりでのこっている島は、サクラワカバ島だけだから、ロメオもゆるしてくれるだろうって思ったんだ。」

ふう、とレオンはあいまいな声でうなずいた。

「森の石のことでござるが……。」

と、荷馬車《にばしゃ》にゆられながら、こんどはヒキザエモンが声をひそめないで話しはじめた。きのうの夜、分担《ぶんたん》を決《き》めたらしい。ジュリエットにたずねるのがエリで、森の石のことをしらべるのがヒキザエモン。ヒキザエモンは図書館《としょかん》の資料室《しりょうしつ》で心あたりをしらべてきたという。

「きのう、森の石とキノコのひとということばをきいたとき、どこかできいたような気がしたのでござるが、古い言《い》い伝《つた》えに出てくることを思いだして、しらべてきたのでござるよ。その言い伝えによると、むかし、むこうの世界には、〈願《ねが》いをかなえる石〉がたくさんあったというのでござる。ところがそういったものはひとのわがままをひきだし、かえってわざわいをもたらすということになり、すべての〈願いをかなえる石〉をよその世界にとばしてしまった。ま、だれかがそうねがったのでござろうな。よその世界、それがこちらの世界だったのでござる。

そのころこちらの世界では、緑《みどり》がまずしかった。荒《あ》れ地《ち》に弱々《よわよわ》しい木しかはえておらず、森と呼《よ》べるほどの緑はなく、野菜《やさい》やくだものもたいそうまずしいものであった、というのでござる。ところが、その石は緑をゆたかにするという力を発揮《はっき》するようになった。石のまわりにキノコのひとたちが生まれ、石のせわをし、光る石は森《もり》や畑《はたけ》の緑をまもる森の石になった、というのでござる。」

みんなは息《いき》を吐《は》きだした。

「それ、ほんとのこと？」と、レオーネがみんなの顔を見まわした。

「さあ、言い伝えだから、ほんとうかどうか……。でも、なにかがもとになってできた話ではあるだろうな。」

レオンが、自信《じしん》なさそうにいった。

「すくなくとも」シュンがいった。「ずうっとまえに、だれかがキノコのひとたちにあって、話をきいたってことは、たしかですね。」

そうだろうな、とみんなうなずきあった。

エリは湖《みずうみ》で見たこと、そこにシュンがきたことも、御者台《ぎょしゃだい》のハルおばさんにはきこえないように小さな声で話した。「なんと無鉄砲《むてっぽう》な」とヒキザエモンがつぶやき、レオンは顔をしかめた。ロボットが三人になったところや、ボートが飛んだところでは、レオンもヒキザエモンも「ほう」と小さな声をあげた。

「ハルおばさんにも、今朝《けさ》、ひとはたらきしてもらったんだ」と、レオンがいった。

「目のひかる黒い鳥がひつじ亭《てい》を見はっているってヒキザエモンさんがいうから、ハルおばさんにヒカリになってもらって、丘《おか》の上、橋《はし》のむこうの、エリたちが最初《さいしょ》にキノコのひとたちをみつけたところまで行ってもらった。もちろん、鳥はついていった。で、土を掘《ほ》りかえしてあるところまで行って、テントウムシになってもどってもらった。」

「そんなことがあったんだ!」

「ロボットたちはそっちへ行くね。」

「すばらしい！」

シュンたちは声をあげた。エリもレオーネもレオネッタも、いまはじめてきいたらしい。

「攻撃《こうげき》されやしないかと、ひやひやしたよ。あたしはあんまり変身《へんしん》するのはすきじゃないしね。あんなことは、もうあれきりにしてもらいたいもんだね。」

ハルおばさんはふりかえって、肩《かた》をすくめた。

やがて荷馬車《にばしゃ》は倉庫《そうこ》のならぶ通りにはいった。海の匂《にお》いが強くなる。岸壁《がんぺき》に波《なみ》のよせるやさしい音がきこえはじめ、荷馬車は突堤《とってい》に着《つ》いた。

突堤から、枝《えだ》のように浮《う》き桟橋《さんばし》が出ている。クルーザー、タンポポ号《ごう》は、その浮き桟橋のひとつにとめられていた。霧《きり》の海に浮《う》かぶクルーザーを見て、シュンは思わず、

——すごい！

と、心のなかでつぶやいた。つぶやいてから、湖《みずうみ》の帆船《はんせん》を見たときにもそう思ったことを思いだした。けれど、あの帆船はもっと大きかった。しかも空を飛んできたのだ。海に浮かんでいるこのクルーザーとはちがう……。ちがう……？

とつぜん、すばらしいアイデアがうかんだ。

「そうだ！」

「なに？」

エリが、きゅうに声をだしたシュンの顔を見た。

「パワーアップしたロボットたちがやってきたら、連中《れんちゅう》を遠くへ飛ばせなくても、ぼくたちの船《ふね》が飛べばいいんだ。飛んで逃《に》げればいいんだ。」

エリはシュンの顔をふしぎそうに見た。一呼吸《ひとこきゅう》あってから、目をかがやかせて、シュンの手を両手《りょうて》で握手《あくしゅ》するようににぎって振《ふ》った。

「フジイ・シュン！　すばらしい！　ねがえばいいんだ！」

「そうだ！　ねがえばいい！」

これでなんとかなる、とシュンも両手でエリの手をぎゅっとにぎりかえした。


ハルおばさんと四人の子どもたちで、荷物《にもつ》をタンポポ号《ごう》につみこんだ。

「わたり板《いた》や船《ふね》は霧《きり》でぬれているから、気をつけてくれよ」と、レオンが声をかける。

突堤《とってい》から浮《う》き桟橋《さんばし》へ斜《なな》めにわたされた板を歩くときにはすこし板がしなって、腰《こし》がひけた。

レオンはハルおばさんの肩《かた》を借《か》りてわたった。ヒカリは、袋《ふくろ》をかぶったまま自分で歩いた。

シュンは、こういう船に乗るのははじめてだった。だれかが乗りこんだり、おりたりするたびに船がゆれる。海のうねりにも、船がかすかにもちあがったりしずみこんだりする。それが不安《ふあん》なのか、おもしろいのか、自分で自分の気持ちを決《き》めかねた。

TANPOPO

借《か》りていた荷馬車《にばしゃ》をハルおばさんがかえしにいくと、シュンとエリ、レオネッタとレオーネは、船室《キャビン》で荷物《にもつ》を整理《せいり》した。ほとんどは食料《しょくりょう》だった。

荷物を棚《たな》に入れながら、レオネッタは口をとがらせた。

「わたしたち、夕方《ゆうがた》になると船からおりて、マーチおばさんの家に行かなくちゃならないの。」レオーネがシュンの顔を見て、つけたした。「マーチおばさんって、ウサギのおばさん、ぼくの同級生《どうきゅうせい》のお母さん。うちのお母さんと仲《なか》がいいんだ。」

「もしもタンポポ号《ごう》がロボットたちにみつかったら危険《きけん》だって、お母さんがいうの。」

レオネッタが、不満《ふまん》そうな声でつづけた。

「きのうのような思いつきはないの？」

エリがいうと、ふたりは肩《かた》をすくめた。

荷物《にもつ》がかたづいたところで、エリとシュンは、船《ふね》を飛ばすという考えをみんなにうちあけた。みんなは、目をまるくした。

「なるほど！　すばらしい考えでござるな！」

「それ、ぼくたちがいるあいだにやってくれるよね！」

「船が飛ぶのね！」

「なるほど」と、レオンはなんどもうなずいた。「ロボットたちを遠くへ飛ばすだけじゃなかったんだ。石のエネルギーはなんだってできたんだものな。でも、飛ばすまえに、船をすすませるっていうのをやってみたほうがいいんじゃないか？」

ハルおばさんがもどってくると、もやい綱《づな》をほどいて錨《いかり》をあげた。もちろん帆《ほ》はあげない。

レオンは四人の子どもたちに、船の上での方角《ほうがく》を時計の文字盤《もじばん》に見たててあらわす方法を教えた。船首《せんしゅ》の方向が十二時で、船尾《せんび》が六時、ちょうど右が三時だ。

「レオネッタとレオーネ、船首に行って見はっていてくれないか。霧《きり》のせいで視界《しかい》が三メートルってとこだから。なにかが浮《う》いていたり、なにかがやってきたりしたら、しらせるんだ。ああ、それから、どれくらいの速《はや》さが出るかわからないから、かならずどこかしっかりしたところにつかまっておくんだぜ。」

レオンはそういって、念《ねん》のために自分も舵柄《ティラー》をにぎった。レオネッタとレオーネが船首《せんしゅ》で位置《いち》についたのをたしかめて、船室《キャビン》のシュンとエリにうなずいた。

「よし、やってみてくれ。」

石をおいた船室のテーブルを、シュン、エリ、ヒカリがかこんでいた。

サクラワカバ島の港《みなと》は、入り江の向《む》かい側《がわ》に、防波堤《ぼうはてい》のように細長い島がふたつある。霧《きり》吹《ふ》き島《じま》と霧吹き小島だ。ふたつの島のおかげで港には大きな波《なみ》がない。霧が出ているので、港のなかではどの船もゆっくりとすすむ。だから、船のたてる波さえおだやかだ。

エリが、石にむかって、力をこめていった。

「タンポポ号《ごう》、すすめ！」

クルーザーはぐいとひっぱられたように波《なみ》をたてすすみはじめた。

「おっとっと！　すすんだでござる！」

船室《キャビン》の屋根《やね》の上からヒキザエモンの声がきこえ、レオンはというと、浮《う》き桟橋《さんばし》で船体《せんたい》をこすらないように、あわてて舵《かじ》をきって、もんくをいった。

「おいおい！　もうちょっと自然《しぜん》なすべりだしとか、ないのかね。」

「ごめん。とまれ！」

こんどはきゅうにとまった。波《なみ》がついてこれずに船尾《せんび》にぶつかって、船をゆらした。

「ひゃあ！」と前のほうで声。

「だいじょうぶか？」レオンの声。

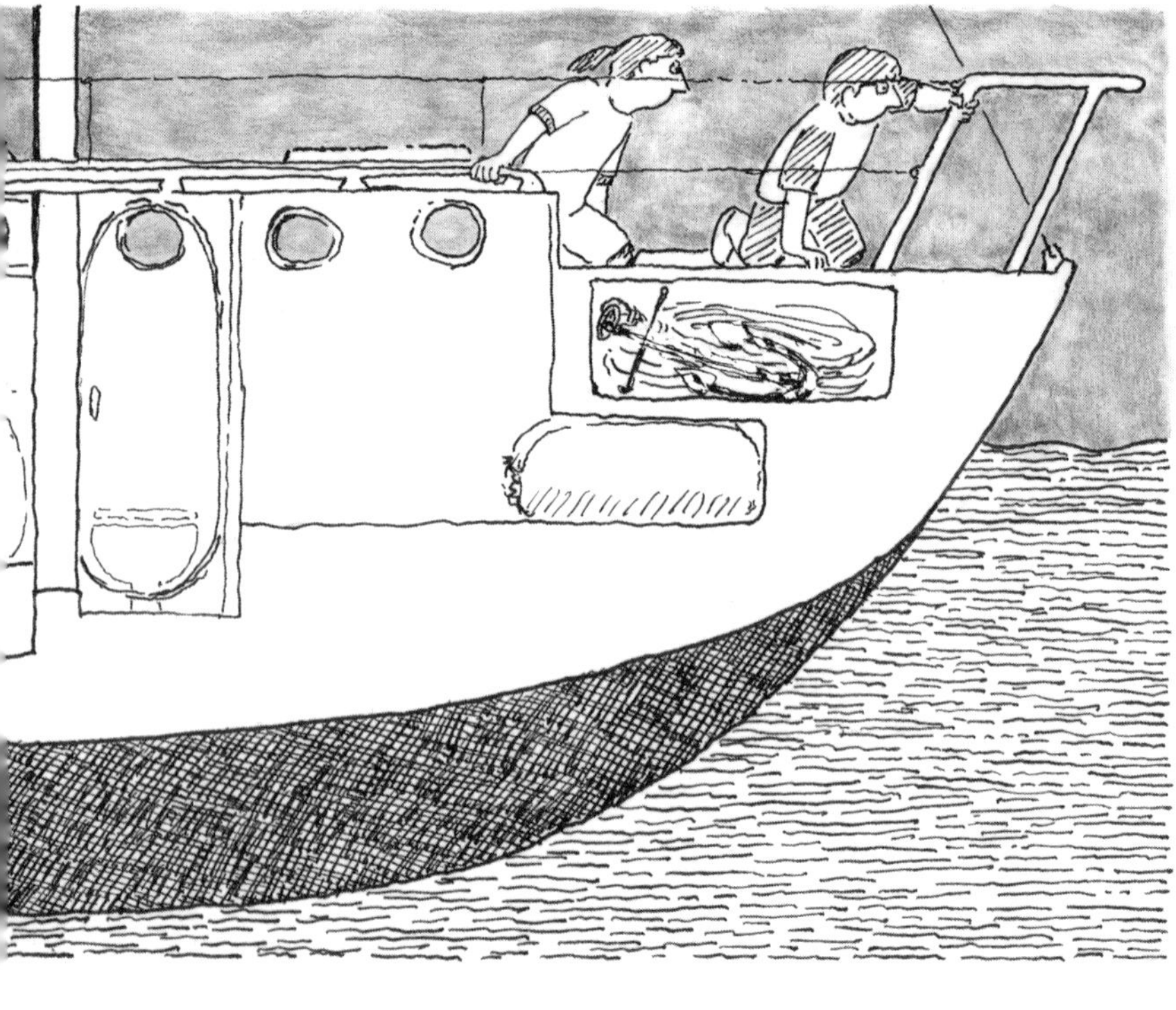

「おちそうになったけど、おちてない。」レオーネの声。

エリはシュンとヒカリを見て、肩《かた》をすくめた。そしておだやかにいった。

「すすめ。」

船はゆっくりとすすみはじめた。

「それ、声にだしていわなければいけないのかな。」

と、シュンがたずねた。エリはうなずいて、石を見つめた。船はゆっくりとまった。

「心のなかでいってもできる。」

「じゃあ、こんどはぼくがやってみる。」

シュンは石を見つめて、タンポポ号《ごう》がゆっくりとすすみはじめるのを思いうかべた。船はそのとおり、すすみはじめた。船の外をながれる水の音がさやさやときこえる。港《みなと》のな

かだから、それほど速《はや》くはすすめないが、だんだん速くなるのをイメージした。そのとおりになった。水をおしわけてすすむ波《なみ》の音が高くなる。

「心のなかで、すすめ、とかことばにしないでも、すすむのを思いうかべるだけですすむ。」

と、シュンはいった。そういっているあいだもスピードはおちない。

「すごい！」

と、エリが目を大きくしたとき、

「十一時に漁船《ぎょせん》！」

船首《せんしゅ》でふたりの声がかさなった。シュンはスピードをおとしながら一時の方向《ほうこう》にまがるのを思いうかべた。

「おい、いまのは、ぼくが舵《かじ》をきったのか？」と、レオンがいって、「いや、ぼくです」と、シュンがこたえた。

すれちがう漁船《ぎょせん》から、声がきこえた。

「よお、レオン！　動力《どうりょく》のない船が帆《ほ》もあげないで、どうしてすすんでいるんだ？」

「下で人魚《にんぎょ》がおしているんだ！」

と、レオンがさけびかえした。

「ここには人魚がいるの？」

シュンがたずねると、エリは首を左右に振《ふ》った。

漁船《ぎょせん》がむこうへ行ってから、いろいろ実験《じっけん》をしてみた。霧《きり》から出たくないので、最高速度《さいこうそくど》についての実験はできなかった。

船をうごかしておいて石からはなれても、船はうごきつづけた。その動きをとめたり、とまっている船をうごかしたりするには、石から二メートル以内《いない》にちかづく必要《ひつよう》があった。船室《キャビン》でイメージするよりも、前甲板《バウデッキ》のハッチから顔をだして、海を見ながらイメージするほうが操縦《そうじゅう》しやすい。

いよいよ飛ぶ実験《じっけん》をすることになった。

「この港《みなと》に霧《きり》が出ていてうれしかったのは、これがはじめてだな。」

と、レオンがいった。なにしろ船が海から浮《う》かびあがるのだ。人魚《にんぎょ》が下でおしているではすまない。

「この年になるまで、空を飛べるなんて考えたこと

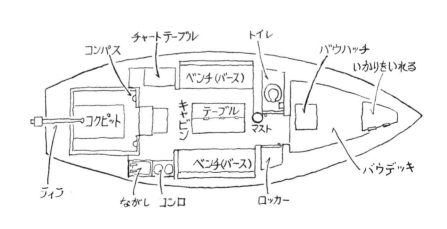

がなかったでござるよ。」

ヒキザエモンはうれしそうにいった。

「飛べなくても、がっかりしないからね。」

ハルおばさんは信《しん》じていないようだ。

「やってみよう。」

シュンはハッチから顔をだしたまま、タンポポ号《ごう》が浮《う》かびあがるのをイメージした。

一瞬《いっしゅん》、エレベーターがあがるような感覚《かんかく》があった。が、船は浮かびあがらなかった。

「二十センチくらい……、あがってる。」

と、レオーネがいった。二十センチ……。シュンががっかりしたとたん、船はもとの深《ふか》さにしずんでゆれた。

エリがうしろからいった。

「いっしょにやってみよう。」

こんどはシュンもテーブルの前にすわり、エリとむかいあって石を見つめた。

「じゃあ、行くよ。」

と、シュンがいって、ふたりは心にタンポポ号が浮《う》かびあがるところを想像《そうぞう》した。ぐっと船があがった。が、そこでとまった。

「三十センチ」と、レオーネの声。

「浮《う》かべ！」エリが力のはいった声をだした。

「四十センチ」と、レオーネ。

「浮かべ！」シュンも声にだした。

「五十センチ」と、レオーネ。それにつづいてレオネッタ。「五十五センチ、行ってる！」

けれど、クルーザーはそれ以上《いじょう》浮かびあがらない。

「石にさわって、やってみよう。」

シュンがいいだして、ふたりは石に手をそえた。

「浮かべ！」強くいった。ぐうんと浮かびあがって、とまった。

「八十センチ！」とレオーネ。「一メートル！」とレオネッタ。

「飛べ！」とことばをかえても、おなじだった。

「だめだ。」

エリがつかれきった声をだした。

「われわれは、海上《かいじょう》を逃《に》げまわろう。」

と、レオンがなぐさめるようにいって、エリが口をとがらせた。

15 船室《キャビン》での相談《そうだん》

「まあ、お茶《ちゃ》でも飲んでひとやすみしようよ。」

ハルおばさんが、気をとりなおすようにいった。

「そうだな。」

レオンはレオーネとレオネッタに指図《さしず》をし、錨《いかり》をおろして船がながれないようにした。湾《わん》のなかは水深《すいしん》がそれほど深《ふか》くないので、錨がきく。

全員《ぜんいん》が船室《キャビン》にはいるとすこしせまい感じがする。レオンは片足《かたあし》をのばしておきたいので、操舵席《コクピット》と船室をつなぐ階段《かいだん》にすわった。

ハルおばさんは、紅茶《こうちゃ》とビスケットをみんなにくばった。ヒキザエモンはしょっちゅうタンポポ号《ごう》に乗っているらしく、専用《せんよう》の小さなカップがある。

「ロボット側《がわ》の状況《じょうきょう》を整理《せいり》すると」ヒキザエモンが、その小さなカップを持ちあげたまま、みんなを見まわした。「ハル殿《どの》が演《えん》じたにせのヒカリ殿《どの》の情報《じょうほう》で、まずもとの場所《ばしょ》をさがすこと

になるのでござろう。で、そこには森《もり》の石はないと気づく。つぎにひつじ亭《てい》をもういちどさがす。ここにもない。さればおそらく、例の鳥にわれわれをさがさせたいところでござる。が、鳥だけではみつからない、あるいは鳥に不具合《ふぐあい》があった場合《ばあい》、ロボットたちがさがすことになる。その場合には、歩きまわるよりもボートで飛んでさがすことになるのでござろう。」

「われわれとしては」と、レオンがつづけた。「まず、この霧《きり》のなかでみつからないようにする。で、みつかった場合は、なんとか逃《に》げまわる。そういうことだな。」

ヒキザエモンが両手《りょうて》でつつむように持ったカップを見ていった。

「もしみつかった場合は、攻撃《こうげき》してくるのでござろうか。石をだめにするような、らんぼうな攻撃はない……、と思いたいのでござるが。」

「きのうはひつじ亭《てい》のぼくたちに銃《じゅう》をむけて、撃《う》とうとしていました。おどすために家をこわそうとしていたのかもしれませんが。」

とシュンがいうと、ハルおばさんは顔をしかめた。

「しかしロボットとしても、船をこわさないようにしないと、らんぼうなまねをすると石がしずむぞ。」

レオンのことばに、ヒキザエモンはいったんカップをおいて、考えこんだ。

「……それがしがロボットたちの側《がわ》であれば、ボートは飛べるのでござるから、上からタンポポ号《ごう》に乗りこむことを考えましょうな。」

「ひょ！」ハルおばさんが、紅茶《こうちゃ》をこぼしそうになった。

「こちらも飛べれば、なんとかなりそうなものでござるが……。」

ヒキザエモンがうつむいてつぶやいた。

「どうして飛ばないんだろ」と、エリが首をひねった。「石が小さいのかな。」

「それはないと思う。」シュンがいった。「十年間、光の島にもどっていないキャプテン・サパーが、これだけあれば島にかえれるっていったんだから。ロボットたちが持っている森《もり》の石より、こっちのほうがずっと大きいと思うな。」

「しかし、その小さな石のロボットたちが船を飛ばすことができる……。」

と、レオンがつぶやく。

「ううん……。」ヒキザエモンも短い首をひねってみた。「願《ねが》いかたにこつがあるのでござろうか。」

「こつ、なあ……。」レオンは天井《てんじょう》をあおいだ。

「いって、いいか？」

ずっとだまっていたヒカリがいった。

「ぜひ、いってください。」

どうぞ、とレオンが手でしめした。

「きのう、ひとのようなもの、飛ばしたとき、石、熱《あつ》くなった。きょう、船をすすめるとき、熱くならない。」

みんなは顔を見あわせた。

シュンは、ひっかかっていたことを思いだした。

「ね、エリ。ジュリエットの話で、ロメオが石を目ざめさせたっていっていたの、おぼえてる？　きのうロボットを飛ばしたとき、石が目ざめかけたんじゃないかな。目ざめたら、熱くなる。それが、きょうまたねむってしまったんじゃないかな。」

だまっていられなくなったレオーネが口をだす。

「それって、きょうはきのうほど本気《ほんき》じゃなかったってこと？」

「本気でやったよ」と、エリが口をとがらせ、シュンもうなずいた。本気だったと思う。けれど、目の前で銃《じゅう》をかまえられるのと、練習《れんしゅう》ではちがうかもしれない。

レオンがひとさし指《ゆび》を立てた。

「ひとつ、たしかなことがある。」

「なんでござろう」と、ヒキザエモン。

「シュンひとり、エリひとり、よりも、シュンとエリふたりでねがったときのほうが、高く浮《う》かびあがったということだよ。」

ヒキザエモンはうなずいた。

「そうでござったな。でも、飛びはしなかった。」

レオンもうなずいた。

「うん。飛ばなかった。そこでだね、もうひとりむこうの世界のだれかがいれば、飛ぶかもしれない。つまり、石が目ざめるかもしれない。」

シュンは、なるほど、と思った。

「むこうの世界のだれかをつれてくればいいのですね。」

レオンは、そうなんだという顔でうなずいた。

みんなも、その手があったか、という顔になったが、すぐにハルおばさんがいった。

「そりゃ、そうできればいいけど……。いまからロボットが行動《こうどう》を開始《かいし》する九時までのあいだに、ここにきてくれるひとがいるのかい？」

「お父さんがいまこの島にいてくれればよかったのに……。」エリがくちびるをかんだ。「船で一週間かかる島にいるんだ。」

レオンがあごをなでながら、天井《てんじょう》を見ていった。

「心当《こころあ》たりがないでもない。」

みんなはレオンを見た。

「むこうの世界に、ぼくのすがたと名前を知っていて、この世界があることも知っている六年生がふたりいる。シュンのクラスの子。」

シュンはびっくりした。

「だれです？」

「マツヤマ・トモロークんと、シノダ・アミくん。」

——松山友郎《まつやまともろう》と篠田亜美《しのだあみ》！

シュンはびっくりした。

「あのふたりが……。ぜんぜん知りませんでした。」

したしくつきあったことがないとはいえ、トモローとアミがそんなそぶりを見せたことは、まったくなかった。

レオンは、三年まえの話をした。庭師《にわし》のニワトリの〈鳴《な》き声《ごえ》〉がむこうの世界にはいりこんでしまったとき、ふたりにたすけてもらった。とりわけトモローにはせわになった。だから、すくなくともトモローはこんどもたすけてくれるのではないか——。

「あれからときどき、ふたりのことは気をつけていたんだ。トモローくんには『こちらの世界から行ったもの』をしめすコンパスを、わたしたままになっていてね。ニワトリの鳴き声

をさがすときにつかったんだ。とりもどさなきゃと思ったんだが、ときどき、とりだして、見ている。こちらの世界を信《しん》じているんだ、トモローくんは。」

「で、もうひとりは？」エリがたずねた。

「ううん。アミくんは、あれは夢《ゆめ》だったと思っているかもしれない。でも、トモローくんひとりでもきてくれたら、石が目ざめて船は飛ぶんじゃないかと思う。」

「すばらしい！」と、ヒキザエモンはガッツポーズをした。「それをやろう！」

「なにいってるのよ。」ハルおばさんが顔をしかめた。「レオンとであったのは、三年まえだろ？　力を貸《か》してくれるなんて、虫がよすぎるってもんだよ。もしもかりにだよ、力を貸したいといってくれても、その子たちの生活《せいかつ》はどうなるのさ。おうちのひとにどういうのよ。」

「それについては、考えがないでもない。」レオンはハルおばさんのほうを見ないようにしていった。「レオネッタとレオーネがふたりの身代《みが》わりになって、むこうの生活をするんだ。」

「やる！」「やる！」レオネッタとレオーネは意気《いき》ごんだ。

「すばら……」ヒキザエモンが満面《まんめん》の笑《え》みでガッツポーズをしかけて、ハルおばさんを見て、やめた。

　ハルおばさんは目をむいていた。

「冗談《じょうだん》じゃないよ！」それから、うんざりした顔でいった。「ほんっとに冗談じゃないよ、レオン。あんたはいつまでたっても子どもだね。ふたりのお子さんの親の気持ちになってごらんよ。あたしはシュンがここにいるのも、シュンのお父さんにはわるいと思っているんだよ。そのふたりの子たちだって、あんたが三年まえにせわになったからといって、いや、なったからといってじゃない。せわになったそのうえに、じゃないか。こんなことにひとさまの子どもをひきこめないことぐらい、そろそろわかってもいい年頃《としごろ》なんじゃないかい？　ヒキザエモンさんもヒキザエモンさんだよ。なにがすばら、だよ。」

レオンは肩《かた》をすくめて窓《まど》の外を見た。ヒキザエモンもそうした。ハルおばさんはレオネッタとレオーネにいった。

「あんたたち、もうこの船を出な。でないとレオンおじさんがもっととんでもないことをいいだしそうだからね。夕方《ゆうがた》までって約束《やくそく》だっただろ。マーチおばさんには話をしておいたから。」

「でも、エリやシュンはのこるんでしょ？」

と、レオーネが不満《ふまん》そうにいった。

「エリやシュンもマーチおばさんのところに行ってもらいたいんだよ、あたしは。でも、森《もり》の石の力をつかえるのはふたりだけだっていうんだから、しかたがないじゃないか。」

と、レオネッタがたずねた。

「お母さんはどうするの？」

「あたしはここのひとたちの食事《しょくじ》の用意《ようい》をしてから、マーチおばさんの家に行く。ロボットから逃《に》げまわるには、すこしでも船が軽《かる》いほうがいいだろうからね。」

シュンとエリを見てハルおばさんはきっぱりといった。

「さあさあ、お茶の時間はおしまいだよ。船を桟橋《さんばし》にもどしな。」

タンポポ号《ごう》が北突堤《きたとってい》の桟橋《さんばし》に着《つ》いても、ハルおばさんは台所《だいどころ》で野菜《やさい》をきざみながら、レオンにこごとをいいつづけていた。

「……レオン、あんたはむかしからこわがりのくせに無鉄砲《むてっぽう》なところがあったよ。あんたひとりならそうやって、けがでもなんでもしてればいいよ。でもね、子どもたちをあんたの無鉄砲にまきこむのは、あたしはゆるさないよ。このまえだって……。」

そんなハルおばさんのそばにいって、エリは小声でいった。

「ね、ハルおばさんは食事《しょくじ》の用意《ようい》をしなければいけないでしょ。レオネッタとレオーネは、いまのうちにフジイ・シュンとわたしがマーチおばさんのところにおくっていこうか。」

ハルおばさんも、こごとをエリたちにあまりきかせたくなかったのだろう。

「そうしておくれ。」

と、うなずいた。

16　それぞれの事情《じじょう》

北突堤《きたとってい》から倉庫《そうこ》へつづく道を、シュンとエリ、レオネッタとレオーネが歩いている。

霧《きり》は出ているが、まだ空は明るい。

「レオン、かわいそうだったね、あんなにいわれて。お母さんがいうほど危険《きけん》なアイデアとも思えなかったけどなあ。」

と、レオネッタが小さな声でいった。シュンもそう思っていたので、うなずいた。

「九時までにもどればよかったんだからね。それにしてもすてきなアイデアだった。」

「やらせてくれたら、きっとうまくやったのになあ。」レオーネがつぶやくと、

「わたしたち、ほんとにその気になったよね、レオーネ。」

レオネッタも残念《ざんねん》そうにいった。

そのとき、エリがきゅうに立ちどまった。そして倉庫《そうこ》の間の細《ほそ》い路地《ろじ》にある壁《かべ》を指《ゆび》さした。

「ここに、校舎《こうしゃ》の裏《うら》に行ける通路《つうろ》がある。番人《ばんにん》のいない通路。」

「この壁《かべ》が？」シュンはききかえした。なんのしるしも見えなかったのに、そういわれて見つめると壁がすこしゆらいで見えた。「ほんとだ。」

エリがじっと立ちどまったままなので、シュンはたずねた。

「……それが？」

エリは三人の顔を見てからいった。

「むこうの世界のひとたちに、一時間だけこちらにきてもらうっていうの、どうかな。まだ五時まえでしょ。六時までのあいだに、石を目ざめさせるのをてつだってもらうんだ。四人でやって目ざめなければあきらめもつく。六時になれば、もどってもらえばいい。ね、安全《あんぜん》でしょ。これ、どうかな。」

「それって、一時間だけ、ぼくたち、そのひとたちになるの？」

レオーネがうれしそうにエリの顔を見た。

「もちろん。」

エリはレオーネにきっぱりといった。それから、レオネッタにいった。

「トモローっていうひとはきてくれそうだって、レオンもいっていたけど、もしもアミというひとがこないっていったら、レオネッタはテントウムシになってレオーネをたすける、というのでどう？」

「やっ」（たー！）とさけびかけたレオーネをエリはとめた。船まで声がとどくとまずい。

「さすがはエリ」と、レオネッタが小声《こごえ》でいった。

まずエリが顔だけだして、むこうにひとがいないのをたしかめてから、四人は通路《つうろ》をぬけた。倉庫《そうこ》の壁《かべ》にはいると同時《どうじ》に、校舎《こうしゃ》の壁から裏庭《うらにわ》に出ている。あのプラタナスから三十メートルほど西だ。

「わたし、ひとのすがたでこちらにくるの、はじめて」と、エリがいうと、

「ぼくも」と、レオーネがいって、自分の口をおさえた。

「やっぱり、こちらの世界にきたことがあるのね。」

レオネッタがレオーネをひじでつついた。

「二、三度、ね。」レオーネは小声でいった。

霧《きり》のない、こちらの世界の夕方《ゆうがた》は空気がかわいていて、ずいぶん明るく見える。研究会《けんきゅうかい》とやらはおわったのかつづいているのか、静《しず》かだ。四人はプラタナスの横《よこ》を通り、フェンスの破《やぶ》れ目《め》から道路《どうろ》に出た。

レオネッタはこちらの世界にやってくるのがはじめてだった。ものめずらしそうにきょろきょろしながら歩いた。

「社会科《しゃかいか》でならった写真のとおりだ。」

「桜若葉《さくらわかば》小学校って、わたしたちの小学校の十倍《ばい》はありそう。」

などとつぶやいている。社会科でそんなことをならうのか、とシュンは感心《かんしん》した。ふとエリの顔を見ると、かたい表情《ひょうじょう》だ。ちがう世界にいとこたちをつれだしたことが、いまになって心配《しんぱい》になってきたのだろう。

「ねえ、エリ。ハルおばさんにふたりをおくるっていったときから、これを思いついていた？」

シュンがたずねると、

「うん。」

と、おなじ顔でうなずいた。シュンは笑顔《えがお》でいった。

「知ってた？　レオンが気づいていたこと。エリがハルおばさんにいっているのが、レオンにきこえていたんだ。笑《わら》いそうになる顔を、手でかくしていたんだよ。ぼくはなにがおかしいんだろって、ふしぎに思ってた。」

「そう。」

エリの表情がすこしゆるんだ。

団地《だんち》にはいり、二号棟《ごうとう》のシュンの部屋《へや》に行った。そこにレオネッタとレオーネをのこして、シュンとエリがトモローの部屋にでかける。

トモローとアミの部屋《へや》は一号棟《ごうとう》だから、となりの棟だ。ふたりとは六年になっておなじクラスになった。だが話したことがない。こんなにこみいった話をうまく話せるかな、とシュンは不安《ふあん》になった。一号棟の階段《かいだん》をのぼりながら、エリをちらりと見た。やはり口をひきしめ、かたい表情《ひょうじょう》をしている。

シュンはエリの前にまわりこんで立ちどまり、エリの顔を正面《しょうめん》から見た。エリは眉《まゆ》をよせた。シュンは、にっと笑《わら》った。

「なによ。」

「スマイル。」

エリはうなずいた。そして笑顔《えがお》をつくって見せた。その笑顔を見たら、シュンもすこし気がらくになった。

三〇一号室《ごうしつ》がアミのうちで、向《む》かいの三〇二号室がトモローのうちだ。

シュンはトモローのほうのチャイムを鳴《な》らした。部屋《へや》のなかから、かすかに音楽《おんがく》がきこえる。二度目のチャイムでドアがひらき、クラシック音楽といっしょに、ふっくらとした女のひとが出てきた。たぶんトモローのお母さんだ。目が似《に》ている。ふたりは頭をさげた。

「こんにちは。トモローくんとおなじクラスのフジイ・シュンといいます。トモローくん、いますか？」

女のひとはにっこり笑《わら》って、奥《おく》にむかってトモローを呼《よ》んだ。

「トモロー。お友だちがいらっしゃったわよ。藤井《ふじい》くん。」

すぐにトモローが、意外《いがい》そうな顔で出てきた。それでもシュンには「やあ」といって、そのあとでエリを見た。

「この子はエリ。友《とも》だち」とシュンはいって、エリが頭をさげた。

「エリです。」

「あ、トモローです。」トモローが、ぎごちなく頭をさげ、それからうちのなかを指《ゆび》さした。

「はいる？」

シュンは「いや、ここで」といったあと、「あの、ドアの外で」と、いいなおした。

トモローが出てきてドアがしまり、音楽《おんがく》が小さくなった。シュンはいった。

「いまからぼくたちがいうことで、きみが不利益《ふりえき》になることは、いっさいありません。また、きみがぼくたちの提案《ていあん》に同意《どうい》しなくても、それが今後《こんご》になにかの影響《えいきょう》を……。」

エリがシュンの袖《そで》をひっぱった。

「かたすぎない？」

トモローが笑《わら》いだした。

「なんだかわからないけど、藤井《ふじい》くん、あいかわらずだな。」

笑《わら》ってくれて、話しやすくなった。

「じゃあ、ざっくばらんにいいます。レオンを知っているでしょう？」

トモローの顔が、笑いからおどろきにかわった。

「レオン！　あの……？」

シュンはうなずいた。

「そう、あの。ニワトリの鳴《な》き声《ごえ》ではおせわになったたっていっていました。コンパスをわたしたままになっている、ともいっていました。」

トモローのほおがみるみる赤くなった。そして、うれしそうにいった。

「どうして知っているの？　いや、あれは、やっぱり、ほんとうのことだったんだな。」

「レオンは、わたしのおじさん。」

エリがいうと、トモローは目をまるくして、エリを見た。

「じゃあ、きみは、レオンの世界のひと？」

エリはうなずいた。

「じゃあ、じゃあ、きみも、クスノキのなかにはいっていけるの？」

エリはうなずいた。

「わあ、信《しん》じられないなあ。藤井《ふじい》くんも、むこうの世界に行ったことがあるの？」

シュンとエリがいっしょにうなずいた。

「わあ、いいなあ」といったあとで、トモローははっとした。「じゃあ、藤井《ふじい》くんもレオンの世界のひとだったの？」

「いや、ぼくはトモローくんとおなじ、こちらの世界のひと。」

いままで「トモローくん」なんて呼《よ》んだことはなかったけど、思いきっていってみたら、トモローは気にしなかった。

「じゃあ、きみたちはいったい……。あ、そのまえに、レオンは元気？」

「けがしている。」

と、エリがいった。トモローは、「え？」という顔になり、シュンがつづけた。

「いま、レオンもレオンの世界もこまったことになっていて、もし一時間ほどいっしょにきて、力を貸《か》してくれればありがたいのです。こちらの世界のひとの力が必要《ひつよう》で、レオンが、トモローくんなら力を貸してくれるかもしれないっていったので、こうしてやってきたわけなのです。」

「一時間でいいの？　行ってもいいよ。」

あっけないほどかんたんにトモローはきてくれることになって、シュンとエリはほっとした。

「あのう、篠田《しのだ》さんもきてくれれば、ありがたいのですが。パワーが強くなるから。」

と、シュンがいうと、トモローはむずかしい顔になった。

「ううん、行くっていうかなあ。ほら、受験勉強《じゅけんべんきょう》でいそがしくって。それに、アミはレオンのことは、夢《ゆめ》だっていってるんだ。あのニワトリの日のことだって、証拠《しょうこ》のコンパスを見せても、ぼくがどこかであやしげなコンパスをみつけてきて、それをもとにつくったお話だっていうんだ。そんなことを考えるひまがあったら勉強しなさい、なんてね。」

シュンはトモローがこんなにしゃべる子だとは思わなかった。トモローはつづけた。

「来月《らいげつ》の桜若葉祭《さくらわかばまつ》りだって、いっしょに行こうってさそったんだけど、行かないっていうんだ。このところつきあいがわるいんだよ。ぼくのこと、夢みたいなことばかりいってるって、とおざけてるみたい。」

「だれがとおざけてるのよ！」

とつぜん、向《む》かいの三〇一号室《ごうしつ》のドアがあいて、アミが顔をだした。

「家の前で大きな声で……。ちょっとはいりなさいよ。いま、だれもいないから。」

「あ、はじめまして。」

と、エリがいいかけると、アミは手をあげてさえぎった。

「エリさんね。わたしはアミ。」

「そこからきいていたんだ。」

と、トモローがいった。アミは三人をおしこむように、三〇一号室《ごうしつ》に入れ、自分の部屋《へや》につれていった。

「きいていたなんて人聞《ひとぎ》きのわるい。あんな大きな声でしゃべっていたら、だれにだってきこえるわよ。きっとトモローのお母さんにだって……。」

「あ、それはだいじょうぶ。大きな音で音楽《おんがく》をきいているから。」

といったトモローに、アミは両手《りょうて》を腰《こし》にしていった。

「トモロー、あんた、ほんとうにかわらないね。むこうの世界のことなんて、わすれたほうがいいって、いってるでしょ。」

「わすれたほうがいい？　アミもあれはほんとうにあったことだって思っているの？　きみは、あれは夢《ゆめ》だって……。」

「ほんとうにあったかもしれないけれど……、行けない、だれも知らない、なんて夢といっしょよ。そんなことばかり考えていると、現実《げんじつ》が見えなくなる。勉強《べんきょう》のさまたげよ。」

「ほら、これだ。」

トモローはシュンとエリに、やれやれ、という顔をして見せた。

「三年生のときだって、あんた、むこうの世界に行きかけていたじゃない。それをひきとめてあげたのは、わたしよ。むこうの世界に行くことが安全《あんぜん》かどうか、わからないじゃない。わたしはいつだって、あんたのことを心配《しんぱい》してあげているのよ。それを、とおざけているだなんて。」

「あのう……」シュンが口をはさんだ。「ぼくはなんどもむこうの世界に行っているのですが、むこうの世界に行くことは危険《きけん》ではありません。」

「百歩《ひゃっぽ》ゆずって危険ではないとしても、よ。」アミはシュンをちらっと見て、トモローに目をもどした。「おうちのひとに、どういって行くつもり？　たとえ一時間でも、どういって家を出るの？」

「あ、それについては、考えがあるのです。」

また、シュンが口をはさんだ。アミは、こんどはまっすぐシュンを見た。

「考えがあるって、どんな？」

「もしもきてもらえるなら、きみたちとそっくりのひと、いや、そっくりというよりほとんど本人とおなじひとに、そのあいだ交代《こうたい》してもらう予定《よてい》なのです。」

「トモロー、このひとたち、頭がへん？」

アミにたずねられて、トモローはこたえた。

「いや、なんだか、ひさしぶりにおもしろくなってきたって思うよ。」

アミはあきれたようにトモローを見た。それから、シュンとエリにいった。

「もう百歩《ひゃっぽ》ゆずって、そっくりのひとが交代《こうたい》してくれるとして、むこうの世界で力を貸《か》してほしいってきこえていたけど、なにをしてもらいたいの？」

「石を目ざめさせてほしいのです。」

アミはシュンをじっと見て、ききかえした。

「いま、石を目ざめさせるってきこえたけど……？」

「そういいました。」シュンといっしょに、エリもうなずいた。

「トモロー、このひとたち、頭が……。いったいどうすれば石が目ざめるのよ。起《お》きなさいっていうの？」

「それもいいかもしれません。石にねがうのは、こちらの世界のひとでないとだめなのです。」

アミはちょっと目をとじた。それからいった。

「さらに百歩ゆずって、石が目ざめたとしたら、どうなるのよ。」

シュンはにっこり笑《わら》った。

「船が、空を飛ぶのです。」

「トモロー、このひとたち……。」

そこまでいって、アミはトモロー、シュン、エリの顔を、はじめて見るように見た。それからいった。

「もしも、交代《こうたい》してくれるひとが、ほんとうにそっくりだったとしても、わたしがお母さんにどういう口のききかたをするかなんて、わからないじゃない。」

シュンはうなずいた。

「それがだいじょうぶなのです。本人《ほんにん》とおなじようにできます。」

アミは大きく息《いき》をついて、もういちど三人の顔を見た。

「信《しん》じられない。信じられないけれど、もしも、本人とおなじようにできるそっくりさんがいるというのがほんとうだったら、わたしもむこうの世界に行ってもいい。でも、一時間だけよ。」

アミのことばに、シュンはほほえんでいった。

「では、交代《こうたい》するひとにいま着《き》ている服《ふく》を着てもらいますので、もうしわけありませんが、下着《したぎ》、服、靴下《くつした》、靴のひとそろいをリュックかなにかに入れて、用意《ようい》してもらえますか。用意できれば、ぼくの部屋《へや》に行きます。そこに交代するひとたちがいます。では、ぼくたちは階段《かいだん》の下で待《ま》っていますから。」

階段をおりながら、エリがシュンに小声でいった。

「服《ふく》なんか持ってこなくても、あの子たち、服もぜんぶまねられるよ。」

シュンはうなずいた。

「うん。でも、まさかのとき……、とつぜん靴下《くつした》をかえなさいとか、お風呂《ふろ》にはいれとかいわれてもだいじょうぶなように、ね。からだの一部ですから脱《ぬ》げませんなんて、いえないじゃないか。」


アミは家にだれもいなかったから、すぐに用意《ようい》できるだろう、でもトモローは、お母さんがいるから、かんたんにはいかないだろうとシュンとエリが話していると、意外《いがい》にもふたりそろって階段《かいだん》をおりてきた。

「桜若葉祭《さくらわかばまつ》りに必要《ひつよう》だから、服とか貸《か》してくれって藤井《ふじい》くんがいったことになっているから、あとで話をあわせてね。でも、桜若葉という地名に、夏祭《なつまつ》りって、あわないよな。」

と、トモローはうれしそうに小声でいった。


歩きながら、シュンとエリは、むこうの世界とこちらの世界のことをかいつまんで説明《せつめい》した。サクラワカバ島は桜若葉《さくらわかば》小学校とふかく関係があるらしいということ。むこうでは、こ

ちらでは考えられないことがあって、ときにはそれにたえられないひとがいること、だから
むこうの世界のことは、みだりにいいふらさないこと……。

「もし、わたしたちがたえられないひとたちだったら、どうするの？」

と、アミがもっともな質問《しつもん》をした。

「レオンは、ふたりはだいじょうぶだってうけあっているんだけど、もしたえられないって感じになったら、すぐにこちらにもどってもらいます。」

と、シュンはこたえた。

「どんなことがたえられないんだろう。」

と、トモローがたずねた。

「たとえば、ヒキガエルが人間とおなじようにしゃべったり、ふるまったりするということ。ネコやドラゴンが人間になること。びっくりするのはカメレオンで、どんな大きさにもどんな形にもなれて、そのうちの特別《とくべつ》なカメレオンは相手《あいて》にさわっただけで、相手のすがた、形、記憶《きおく》、しゃべりかた、行動《こうどう》のしかた、考えかた、思っていること、すべての情報《じょうほう》がわかってしまうのです。」

「すごい！」

といったのがトモローで、

「その特別《とくべつ》なカメレオンが、藤井《ふじい》くんのうちで待《ま》っているのね。」

といったのがアミだった。トモローは「あ」と口をあけ、エリがうなずいた。

「そう、レオネッタとレオーネが待《ま》っている。わたしのいとこ。」

「ねえ、さわられただけで、わたしがあまりひとには知られたくないなって思っていることも知られちゃうのね？」

アミが心配《しんぱい》そうな声をだした。エリはなんでもないようにいった。

「アミさんが知られたくないって思うことは、アミさんになったレオネッタも知られたくないって思う。それから、レオネッタがアミさんからレオネッタにもどったあと、一週間くらい記憶《きおく》はのこるけど、アミさんの気分《きぶん》ものこるから、やっぱり知られたくないことは話さない。」

アミは、まあいいかと、うなずいた。トモローがエリにたずねた。

「レオンも特別《とくべつ》なカメレオン？」

「あ、レオンはカメレオンだけど、特別なカメレオンじゃない。さわっても情報《じょうほう》はわからない。変身《へんしん》はできるけれど。」

「ぼくたちの学校の教頭《きょうとう》先生にも？」

「教頭先生になるのはとくいみたい。」

エリの答えに、トモローとアミは顔を見あわせた。ニワトリの鳴き声《なごえ》でせわになったときに、どうやらレオンは教頭先生になったようだ。

シュンのうちでトモローになったレオーネを見て、アミはまずぽかんとし、つぎに笑《わら》いだしてしまった。そっくりのふたりをみるのがおかしいらしい。

「そんなに笑うなよ。」

トモローとレオーネは同時《どうじ》にいった。まったくおなじ声だった。

シュンは、お父さんにむけて、メモノートに書いた。

——ちょっと、友《とも》だちのうちに行きます。泊《と》めてもらうことになるかもしれません。

17　わたしたちの責任《せきにん》

アミになったレオネッタとトモローになったレオーネが、シュンの部屋《へや》を出ていった。

三分待《ま》って、シュンとエリ、トモローとアミも出発《しゅっぱつ》した。

団地《だんち》の庭《にわ》を通って小学校へ行く。見あげると、一号棟《ごうとう》の三〇一号室《ごうしつ》と三〇二号室の窓《まど》から、レオネッタのアミとレオーネのトモローが小さく手を振《ふ》っていた。

「へんな気分《きぶん》。」

と、手を振りかえしてアミはいった。シュンは思わず、だれも見ていないか、まわりを見まわした。

「くわしく話している時間がないから、かんたんに事情《じじょう》を説明《せつめい》しておくと……。」

シュンが話そうとするのを、トモローがさえぎった。

「いまはかんたんでもいいけど、あとでくわしく話してくれる？」

「ああ、もちろん。」シュンはうなずいた。

「森《もり》の石、というふしぎな光る石があって、その石は森をまもる、緑《みどり》をまもる力をもっているのです。ところが同時《どうじ》に、ものをうごかす力ももっていたのですね。それをつかってものをうごかせるのは、こちらの世界のひとだけ。こちらのひとが石のそばでねがうと、ものがうごく。で、七十年まえにこちらの世界から行ったロメオというひとが、それをつかいこなして、超文明《ちょうぶんめい》の島をつくった。光の島といいます。ロメオは、ゆたかな暮《く》らしをするために光の島の石を掘《ほ》りつくしました。石は森をまもっていたわけですから、とうぜん森は荒《あ》れはてました。自分の島の石がなくなったので、ロメオは、よその島の石を手に入れるようになりました。石の力でうごくロボットにあつめさせる。もちろん、よその島々でも緑がうしなわれています。そのロボットが、レオンたちがすんでいるサクラワカバ島にやってきたのです。でもサクラワカバ島の森の石は、キノコのひとたちの機転《きてん》でうばわれませんでした。」

「キノコのひと？」

アミがつぶやいて、シュンがうなずいた。

「キノコのひと。もとはキノコだったけど、石の力でキノコのひとになるらしい。石のせわをするひとです。森の石をかくしもってロボットから逃《に》げているキノコのひとを、ぼくたちはかくまっています。ぼくたちはいま船にかくれているんだけど、この船を石の力ですすませることはできますが、空を飛ばせることができません。」

「そんなことができるの？」

がまんできずに、トモローがたずねて、エリがこたえた。

「できる。光の島のロボットは空飛《そらと》ぶ船《ふね》に乗って、サクラワカバ島にやってきた。もっと小さな船、ボートが飛ぶところなら、わたしたちは見た。」

とつぜんアミが立ちどまった。

「ねえ、その石、からだによくない影響《えいきょう》があるんじゃないの？」

ほかの三人も立ちどまった。

シュンは「その心配《しんぱい》はわかります」と、うなずいた。「だいじょうぶだと思う。というのは、光の島をつくったロメオは、三十歳《さい》から石をあつかいつづけ、七十歳のときにはまだ元気でした。それから、石のそばでずっと生きつづけてきたキノコのひとたちは、人間じゃありませんが、何百世代《なんびゃくせだい》もおなじすがたであらわれて、おなじことをしています。そういうところを見ると、からだによくない働《はたら》きをするとは思えません。」

アミはすこし考えて、なんどかうなずき、歩きはじめた。

フェンスの破《やぶ》れ目《め》を通りぬけたところで、トモローが首をかしげた。

「あれ？　中庭《なかにわ》のクスノキに行くんじゃないの？」

トモローとアミはまえにレオンがクスノキにはいるのを見ていたのだ。

「ほかにも通路《つうろ》はあるの」と、エリがこたえた。

シュンはそのまえにしていた話をつづけた。

「どうやら、石は目ざめると強い力を発揮《はっき》するらしいのです。石のそばで『あっちへ行け』とさけんでロボットをぶっとばしたとき、すこしは目ざめかけたようなのですけどね。最初《さいしょ》にロボットを飛ばしたのはエリ。エリはお父さんがこちらの世界のひとですから、あやつれたのですね。」

「それができれば、ロボットがきてもこわくないね。」

トモローのことばにシュンは首を振《ふ》った。

「残念《ざんねん》だけど、この手はもうつかえない。ロボットたちは〈あっちへ行け〉をふせぐ力を用《よう》意《い》するらしい。とにかく、目ざめかけた石はまたねむってしまったようで、エリとぼくが力をあわせても、船は一メートルくらいしか浮《う》きあがらない。船底《ふなぞこ》が海面《かいめん》からはなれない。」

「それでも、一メートルは浮きあがるんだ。」

トモローは感心《かんしん》した。シュンはまた首を振《ふ》った。

「それじゃだめなんだ。完全《かんぜん》に空に浮きあがらないと。ロボットたちのボートは飛べるのですから。」

「わたしたちが呼《よ》ばれたわけはわかった。」アミがいった。「でも、どうして、その石はこちらのひとにあやつれるのかなあ。」

エリが首をひねりながら、こたえた。

「よくわからないけど、言《い》い伝《つた》えでは、こちらの世界で手におえなくなった石を、むこうの世界にとばしたってことになってる。」

「ああ、もともとこちらの世界のものだったから……。」

と、トモローがつぶやき、アミはうなずいてこういった。

「光る石がこちらから行ったもので、光の島だっけ？　その国をつくったひとも、こちらの世界から行ったひとね？　それじゃあ、ぜんぶこちらの世界の責任《せきにん》じゃない。」

こちらの世界の責任。シュンはそんなこと考えもしなかったのでおどろいた。

「篠田《しのだ》さん……。」

「アミでいいよ」と、アミはふりかえった。

「じゃあ、アミ、ほんとうにそうだね。そのとおりだ。ぼくたちの責任だ。」

校舎《こうしゃ》の裏《うら》に着《つ》いた。

「むこうの世界に行けるひととつながっていないと、通路《つうろ》を通りぬけられないから、手をつなぐよ。」

エリがいって、四人は手をつないだ。

エリが、むこうの世界のようすを見るために、校舎《こうしゃ》の壁《かべ》に顔をつけると、すっと顔の前半分が壁にすいこまれ、アミとトモローは、息《いき》をのんだ。

顔をこちらの世界にもどしたエリが、ふりかえって「行くよ」といった。

エリ、アミ、トモロー、シュンの順《じゅん》に通りぬけた。

霧《きり》の倉庫《そうこ》の通りだった。トモローが「うわあ」といった。アミは口をあけている。

「すごいね！　すごいね！」

トモローは興奮《こうふん》していった。

「すごい！」

アミもうなずいた。

「いそいでいっておくけど」と、エリが早口《はやくち》でいった。「船に乗っているのは、キノコのひと、それからレオンとヒキガエルのヒキザエモンさん、それにハルおばさん。ハルおばさんはレオンのお姉さんで、ハルおばさんの子どもがレオネッタとレオーネ。で、ハルおばさんは、アミさんとトモローさんをこちらにつれてくるのに反対《はんたい》している。ひとさまの子どもを危険《きけん》な目にあわせるなんて、もってのほかだって。」

「危険？」アミがききとがめた。

「ハルおばさんは危険《きけん》だって思っている。でも、六時までならだいじょうぶ。わたしたちは九時までは安全《あんぜん》だと思っている。九時に攻撃《こうげき》するっていっていたから。」

「攻撃？」と、アミ。

「石をうばいにくるんだ。もしも、もしもよ、あなたたちがいるときに攻撃してきても、わたしたちは四人もいるから、石の力でふせげるはず。というより逃《に》げるんだ。逃げるというのが、わたしたちの作戦《さくせん》。そのためにも、飛びたいんだ。」

というエリに、トモローがうなずきながらいった。

「で、飛ぶために石を目ざめさせるというのが、ぼくたちのしごとなんだね。」

「そういうこと。六時までに、さっさと目ざめさせてしまいましょう。」

エリは先頭《せんとう》にたって、突堤《とってい》へと小走りでむかった。

「よし！　船を飛ばせてやろうじゃないか！」

トモローは、なんだかたのしそうに後《あと》につづいた。アミはといえば、うつむきかげんに、なにか考えながら歩いている。うまくいけばいいんだけど、とシュンは思った。

突堤《とってい》から斜《なな》めになったわたり板《いた》をおりて、浮《う》き桟橋《さんばし》につけてある霧《きり》のなかのクルーザーを見たとき、トモローは思わずため息《いき》をついた。

「かっこいい！」

そのあと、ぎょっとした。

「あ、あ、あれが、その……。」

「ヒキザエモンさん。」

「あんなかっこうをしているなんて……。」

「ごめん。いいわすれた。」

シュンは教えながら、はじめて見ればだれだってびっくりするよなあと思った。ヨットの船室《キャビン》の屋根《やね》の上に、侍《さむらい》のかっこうをしたヒキガエルが立っているのだ。そのヒキザエモンが船室にむかって、いった。

「おうい、レオン殿《どの》、おぬしがいったとおりになりもうした。」

レオンが船室《キャビン》にはいる階段《かいだん》のあたりから、顔だけだして、ヒキザエモンにいった。

「ぼくが心配《しんぱい》したとおりになった、っていってくださいよ。」それから、トモローとアミに手を振《ふ》った。「やあ、ひさしぶり。きてくれて、うれしいよ。せわになりっぱなしでわるいな。なにはともあれ、乗船《じょうせん》してくれ。」

四人が船に乗りこんで、操舵席《コクピット》にはいったとき、船室《キャビン》からハルおばさんの声がきこえた。

「レオン、だれがきてくれたって？」

「いや、まさか、きてくれるとは思わなかったひとたちが、その……。」

そういうレオンのうしろから、ハルおばさんがぬっとあらわれた。

「エリ、そのひとたちは？」

エリは笑顔《えがお》で紹介《しょうかい》した。

「むこうの世界から、きてくださったアミさん、トモローさん。こちら、ハルおばさん、レオンのお姉《ねえ》さん。」

「こんにちは。」

と、ふたりは頭をさげた。

ハルおばさんは笑《わら》わずに「こんにちは」といって、「で？」と、エリを見た。

「で」と、エリもいった。「とつぜん思いついて、六時まで一時間だけ、このふたりに石を目ざめさせるのをてつだってもらおうってことになって、たのんでみたら、こころよくひきうけてくれて……。」

ハルおばさんは、エリの話をさえぎっていった。

「じゃあ、レオネッタとレオーネは、いま、そのひとたちの身代《みが》わりになって、むこうの世界にいるの？」

「はい。」

ハルおばさんは、口と目を大きくあけて、息《いき》をすいこんだ。

「なんてことするんだよ！　エリ！　あんたは……。」

ハルおばさんのことばは、なんとアミにさえぎられた。

「ハルおばさん！　おちついてください。レオネッタとレオーネはこちらの世界にいるより、ずっと安全《あんぜん》です。ロボットたちはむこうの世界には行きません。」

アミのことばの強《つよ》さに、ハルおばさんはすこしいきおいをそがれた。

「そ、それよりも、関係のないあんたたちをまきこむことが、いけないいんだよ。」

アミはひきさがらなかった。

「どうしてわたしたちが関係ないのでしょう。そもそも森《もり》の石はわたしたちの世界からこちらにきたのでしょう？」

「それは言《い》い伝《つた》えだよ。」

と、ハルおばさんがいって、アミもうなずいた。

「それは言い伝えです。でも、その石を自分のつごうのいいようにつかって、この世界の森をだめにしているのは、わたしたちの世界から行ったひとでしょう？　こちらの世界でおこっていることだからわたしたちに関係ない、なんていえるのでしょうか。むしろ、わたしたちの責任《せきにん》じゃないでしょうか。なんとかできるかもしれないのなら、わたしたちがそれをなんとかしなくてはいけないでしょう。そうしないのは無責任です。だから、わたしたちは、すすんできたんです。」

感心《かんしん》してきいていたトモローは、はげしくうなずき、シュンとエリは「アミって、すごい」と、目を交《か》わした。拍手《はくしゅ》したのはレオンとヒキザエモンだった。ハルおばさんは拍手するふたりをちらっとにらんだ。それから、アミにいった。

「あんた、ずいぶん、しっかりしてんのね。」

レオンがハルおばさんにいった。

「三年まえから、しっかりしていたんだ。」それから四人にいった。「さあ、さっそく石の目をさましてやってくれよ。六時までって、あと三十分しかないぞ。」

四人は船室《キャビン》のなかにはいって、奥《おく》のテーブル席《せき》に行った。

「わあ、ヨットのなかは……」こうなっている、といおうとして、トモローはことばをのみこんだ。テーブル席のベンチのすみにすわって、かすかに黄緑色《きみどりいろ》にひかっているキノコのひとを見たのだ。

シュンが紹介《しょうかい》した。

「ぼくたちの世界のアミとトモロー。こちら、キノコのひと、ヒカリ。」

「こんにちは。」

と、おどろきをかくしてふたりが頭をさげると、

「こんにちは。話、きいていた。」

と、ヒカリがいった。ふたりはキノコのひとがしゃべったので、もういちどびっくりしたが、

「あ、はい」「よろしく」と、うなずいた。

四人がテーブルをかこむと、ヒカリがふところから石をとりだした。

「ああ、これが……。」

トモローがつぶやいた。ヒカリが、石をつつんでいる黒くやわらかな皮《かわ》をそっと浮《う》かせて、やわらかい光をトモローとアミに見せた。光がもれないかと、シュンはレオンのほうをふりかえった。シュンの気持ちがわかったらしく、操舵席《コクピット》と船室《キャビン》の境《さかい》にある階段《かいだん》にすわっていたレオンは、うなずいた。

「ロボットは修理中《しゅうりちゅう》。いまのところは目のひかる鳥のすがたもない。」船室の屋根《やね》の上からヒキザエモンの声がつづいた。「あれからずっと見はっているのでござるよ。」

「ほんとうだ。ひかっている……。」アミがつぶやくようにいうと、

「ふしぎな光だ……。」トモローもうなずいた。

ヒカリが石を皮《かわ》でおおったが、すきまがかすかに明るく見える。

レオンが声をかけた。

「空を飛ばせるまえに、もやい綱《づな》と錨《いかり》をなんとかしなければならんのじゃないか？」

シュンがそちらを見てこたえた。

「ちょっと、それもやってみる。」

シュンは石を見つめた。ヨットをとめるときにてつだったのを思いだして、まず船首側《せんしゅがわ》の、船と浮《う》き桟橋《さんばし》をとめてあるもやい綱《づな》をはずすところを想像《そうぞう》した。

船室《キャビン》の屋根《やね》の上で、ヒキザエモンがさけんだ。

「おお！　なんと！　前のもやい綱がはずれたではござらぬか。」

「うしろも！」

レオンがいった。こちらはエリがやったらしい。

それから船首側《せんしゅがわ》と船尾側《せんびがわ》の錨《いかり》もあげる。

シュンは前甲板《バウデッキ》のハッチから顔をだし、港《みなと》のまんなかまで船をだした。

「すごいな。石にねがって、こんなことができるんだ。」

と、トモローが感心《かんしん》した。アミは質問《しつもん》した。

「それは、錨《いかり》をあげてくださいとか、船をすすませてくださいって、心のなかでいっておねがいしているの？」

エリがこたえた。

「いちばんはじめは声にだしていっていた。つぎは心のなかでことばにしておねがいという感じ。いまのはロープをはずすところを想像《そうぞう》した。」

「ぼくもそう。ことばというより、イメージをつくる。」

シュンもつけくわえた。

「ぼくたちにもできるかな。」

不安《ふあん》そうにトモローがいった。

「まず、そのイメージでうごかす、というのをやってみたほうがいいんじゃないか？　飛びあがるまえに、船をすすませるとか。」

と、レオンがいった。

そこで、前甲板《バウデッキ》のハッチから、シュンとトモローがいっしょに顔をだして、まずシュンが船をゆっくり前進《ぜんしん》させた。そしていったんとめた船をトモローが前進させてみる。うまくいった。

「じゃあ、右にまがって。」

と、シュンがいうと、それもできた。左にもまがれた。

「できた！」トモローは、うれしそうにいった。

つぎはエリとアミがおなじことをする。

「できた。」アミはびっくりしたような顔で、いった。

「いいぞ、いいぞ。その調子《ちょうし》でやってくれ。」

と、レオンがはげました。

「ヨットって、ずっとゆれているんだ。」

アミのつぶやき声が、シュンにきこえた。そういえばすこし青い顔をしている。

「それじゃあ、飛びあがるのをやってみましょう。」

エリは元気づけるようにいって、四人はテーブルの石をかこんですわった。

「ほかの船がこないかどうか、ぼくとヒキザエモンさんで見はるよ。びっくりするからな。」

レオンの声につづいて、ヒキザエモンが「合点《がってん》でござる」というのがきこえた。

四人は、石と、おたがいの顔を見あった。

18 バリアーを張《は》っている

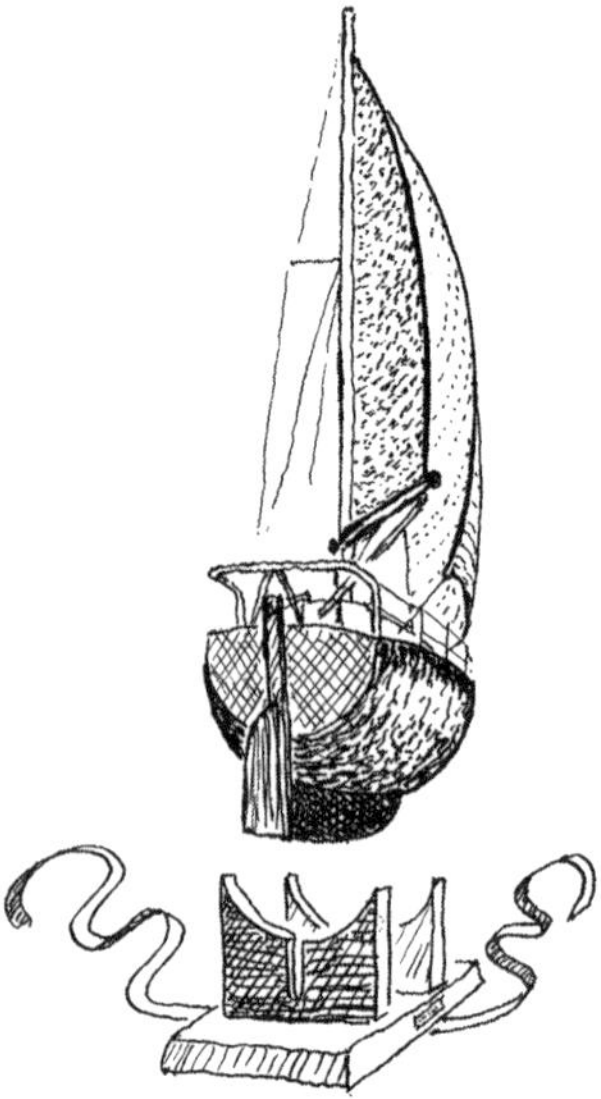

「じゃ、行くよ。」

シュンがいって、船が浮《う》かびあがるのを、それぞれが思いうかべる。

ぐうっと船がもちあがって、とまった。

「おっと」という声が調理場《ちょうりば》からきこえた。「鍋《なべ》にふたをしておかなくちゃ。」

「一メートルってとこだな」と、レオンの声。

ふうっと気がぬけてもとの深《ふか》さに船がしずんで、大きくゆれる。

「どうしてだろ、ふたりでやったときとかわらない。」

と、エリがつぶやいたとき、とつぜんアミが立ちあがった。口を手でおおいながら、レオンの横《よこ》をすりぬけて操舵席《コクピット》にかけあがり、船《ふね》べりから海に吐《は》いた。

ハルおばさんがアミの背中《せなか》をなでてやった。それから、コップに水をくみ、アミにわたした。

「うがいをして、海に吐《は》きだしな。それから、すこしだけお飲み。」

アミはそうした。

「もうすこし、こっちにいたほうがいいよ。」

ハルおばさんがいうのに、アミは首を振《ふ》った。「時間がないから。」

もどってきたアミの目に、涙《なみだ》のあとがある。苦《くる》しいのだ。三人は、アミのほうを見ないようにした。

「石に手をあててやってみよう。」

シュンがいって、みんな石に手をあてた。

「行くよ」と、エリ。思いうかべる。ぐうっともちあがって、

「一メートル。」

レオンの声をきくまでもなく、四人にはわかった。がっかりしたとたんに、船はもとの深《ふか》さにしずみこみ、大きくゆれ、もういちどアミが船尾《せんび》にかけだした。

ハルおばさんがもういちどコップを用意《ようい》して、「あんた、ほかの三人にやってもらったら？」といっている。でも、アミはテーブルにもどってきた。

レオンが船室《キャビン》の屋根《やね》の上にいるヒキザエモンに「船酔《ふなよ》い止《ど》めの呪文《じゅもん》かなんか、ご存《ぞん》じありま……」までいって、自分《じぶん》で気がついた。

「そうだ、その石にゆれないようにしてもらえばいいんじゃないか。」

四人はすぐに船がゆれないイメージを石におくった。すると、ぴたりと揺《ゆ》れがおさまる。

「ありがとう」と、まだ涙《なみだ》ののこるアミがいった。

「こんどは『浮《う》かべ！』って、声をかけてみよう。」

シュンがいって、みんなうなずきあった。「行くよ」と、エリ。

「浮かべ！」

声がそろって船はもちあがった。が、レオンはなにもいわなかった。いわれなくても、おなじくらいしかもちあがらなかったことは、四人にわかった。力なく、船はもとの深さにしずんだ。けれどゆれない。アミは口をかたくむすんでいる。

「あのう、『起《お》きなさい』っていうの、やってないよね。」

トモローがいって、あとの三人は力なくうなずいた。やってみた。なんの変化《へんか》もなかった。

調理場《ちょうりば》からハルおばさんが、声をかけた。

「あと十五分しかないけど……。約束《やくそく》は六時までだからね。」

四人は顔を見あった。シュンは小さな声で「はい」とこたえた。それから首をかしげて、ひとりごとのようにいった。

「どうして飛びあがらないんだろう。すすむのはできるのに。」

「すすむのと、なにかがちがうんだ。」エリがつぶやく。

「船をすすめたときは、」アミが、集中《しゅうちゅう》することで気分《きぶん》のことをわすれようとしているみたいにいった。「すぐ目の前でやってくれたから、船が、こうすすむ、こうまがる、というのがはっきりわかって……。」

「イメージできた。」トモローがつづけて、アミもうなずいた。

「そう、イメージできた。でも、浮《う》かぶというのは、なんか、こう、浮かべって思ってはいるんだけど、どんな感じになるのか、その、すがたが思いえがけないっていうか……。」

「イメージできない。」

トモローがつづけて、アミもうなずいた。「そう、イメージできない。」

「この船の模型《もけい》でもあればなあ。」

と、シュンがいうと、レオンが目の前を指《ゆび》さしてさけんだ。

「あるぞ！」

「そうだ。わすれていた」と、エリが立ちあがって、チャートテーブルへ行った。テーブルの上にある棚《たな》の戸《と》をひらくと、ヨットの模型《もけい》があった。模型のヨットには二枚《まい》の帆《ほ》が張《は》ってある。レオンがうなずきながらいった。

「縮尺《しゅくしゃく》五十分の一、タンポポ号《ごう》の模型だ。かなり正確《せいかく》につくってある。まえの持《も》ち主《ぬし》が船につけてくれたんだ。」

模型《もけい》は船がゆれてもだいじょうぶなように、棚《たな》に固定《こてい》された船台《せんだい》にリボンでむすびつけられている。エリはそのリボンをほどいて、両手《りょうて》ですくうようにして、テーブルまで持ってきた。

「あ！」

声をあげたのはエリだった。模型《もけい》のタンポポ号《ごう》が、ふっと手から浮《う》かびあがったのだ。

シュンを見ると、シュンはうなずいてみせた。シュンが浮かせたのだ。

トモローがちらっとシュンを見てから模型に目をやり、はあっと息《いき》を吐《は》いた。

「このヨット、底《そこ》のほうはこういう形をしていたんだ。」

竜骨《キール》が下にのびて、平《ひら》たい板のようになっている。

「これがあるから、船が横流《よこなが》れしないんだって。」

と、エリがいって、アミがうなずいた。シュンも写真を見たとき、底《そこ》の形がこうなっているのか、と感心《かんしん》したことを思いだした。

「舵《かじ》もけっこう大きいでしょう」と、エリが指《ゆび》でしめす。

シュンは模型《もけい》のタンポポ号を、ほんもののタンポポ号とおなじ向《む》きに浮《う》かせてとめた。

「ぼくたちはこのあたりにすわっている。」シュンが指《ゆび》さした。つぎに、「水面《すいめん》はこのあたり」と、手でしめした。「それを……」といって、手をその高さにしたまま、模型のタンポポ号を目だけですうっと浮かびあがらせ、みんなの顔の高さでとめた。

「なるほど」トモローが大きくうなずいた。「これでイメージできそうだ。」

エリは模型《もけい》の船をもとのように戸棚《とだな》にもどして、いった。

「じゃ、やってみよう。行くよ。」

四人は石を見つめて、タンポポ号《ごう》が浮かびあがるのを心にえがいた。

つぎの瞬間《しゅんかん》、からだじゅうの血《ち》が足もとにさがり、からだがぐっといすや床《ゆか》におしつけられ、からだが重くなった。同時《どうじ》に石をおおった皮《かわ》のすきまから、強い光がもれた。

「やった！」「飛んだ！」

レオンとヒキザエモンの声がかさなった。船は浮《う》かびあがっていた。

「ひぇ！」

ハルおばさんがあわてて鍋《なべ》をおさえた。

「やった！」

「浮かびあがった……！」

四人はおたがいの顔を信《しん》じられない気分《きぶん》で見つめあった。

「十メートルくらい浮きあがっている。すごいな。」

「いや、ほんとうに浮かぶとは、なんと、なんと。」

レオンとヒキザエモンの声がきこえる。

ヒカリが光のもれる皮《かわ》のすきまをふさごうと手をのばして、みんなの顔を見た。

「石、熱《あつ》い。ロボット、飛ばしたときと、おなじ。」

「目ざめたんだ」と、トモローがうれしそうにいう。

「よし、前にすすもう。」

シュンがいって、みんな、空中《くうちゅう》のタンポポ号《ごう》がすすんでいくのを思いうかべた。

「おお、すすんでいる!」

レオンの声がそういって、四人にはからだが船のうしろのほうにひかれるような感覚《かんかく》があった。シュンは立ちあがって前甲板《バウデッキ》のハッチから顔をだした。霧《きり》が風になって前からうしろにながれる。

「右にまがってみよう。」

エリがいって、みんなそれをイメージした。船がまわってすすむのが、からだが左にひかれるのでわかる。

「まがってる! まがってる!」と、レオン。

シュンはハッチから顔をだしているので、霧《きり》のつぶの動きでもわかる。左にまがるのも、とまるのも、あがるのも、さがるのもやってみた。すべて、思いのままだった。

「よし! ぼくたちも飛べるようになった。」レオンがうれしそうにいった。「ありがとう。

トモローくんとアミくんのおかげだ。これでロボットから逃《に》げることができるだろう。そろそろ六時だ。このあたりでふたりにはもどってもらわなければ。さあ、タンポポ号《ごう》を桟橋《さんばし》にもどそう。」

空中《くうちゅう》に浮《う》かんでいたクルーザーは高度《こうど》をさげ、波《なみ》をおしわけて、ゆっくりと海におりた。

「もうかえるのか。もっとここにいたいなあ。」

心から残念《ざんねん》そうにいうトモローを、アミはうなずきながらたしなめた。

「その気持ちはわかるけど、ここはかえらなきゃだめ。」

その気持ちはわかる、といったので、ほかの三人はアミの顔を見た。

「なによ。」

と、アミがいったとき、船室《キャビン》の屋根《やね》の上で、ヒキザエモンがおしころした声でいった。

「あれは、なんでござろう！」

階段《かいだん》にすわっていたレオンが見あげていった。

「あれは、ドラゴン……？　ジュリエットじゃないか！」

シュンとトモローはレオンのそばにかけよって上空《じょうくう》を見あげた。霧《きり》の濃《こ》いところからうすいところに出るとき、はっきりと空を飛ぶドラゴンが見えた。

「わあ！」

シュンとトモローが声をそろえた。エリとアミもやってきた。

ドラゴンはタンポポ号《ごう》をみつけたらしく、きゅうに方向《ほうこう》をこちらにかえた。そしてあっというまに、風を巻《ま》きおこしてクルーザーの操舵席《コクピット》に飛びこんできた。前足でバッグをつかんでいる。ドラゴンは早口《はやくち》でいった。

「みんな、むこうをむいていて！　はやく！」

ことばにおされて、全員《ぜんいん》船首《せんしゅ》のほうをむいた。ヒカリもむこうをむいている。

「もういいわ。」

すぐにそういわれてふりむくと、赤いワンピースすがたのジュリエットが立っていた。トモローとアミがぽかんと口をあけた。ジュリエットは強い口調《くちょう》で、しかし声をおさえていった。

「さあ、船をだして！　いそいで！　ヒキザエモンさんも船室《キャビン》にはいって！」

「でも、このひとたち、船をおりなきゃ。」

と、エリがいった。ジュリエットは船室をのぞきこみ、だれ？　という顔になった。エリはつづけた。

「六時までって約束《やくそく》で、きてもらっているの。でも、おかげで、タンポポ号《ごう》は空を飛べるようになった。石を目ざめさせてくれたんだ。だから、船を栈橋《さんばし》につけて、かえってもらわなきゃ。」

「エリ！　大きな声をだしちゃだめ！」ジュリエットはささやき声だ。「ロボットたちがやってくるの。もう、すぐそこにロボットたちのボートがきているかもしれない。とにかく、いまは栈橋《さんばし》にはもどれない。まず栈橋付近《ふきん》をさがすはずだから。できるだけはなれなくちゃ。そのふたりには、あとでかえってもらいましょう。ハル、用心《ようじん》のためにその鍋《なべ》とやかんをコンロからおろして、毛布《もうふ》でくるんで、下の戸棚《とだな》にきっちりしまったほうがいい。」

――ロボットたちは九時までやってこないんじゃなかったのですか？

シュンはそうたずねたかったが、ジュリエットのさしせまった話しぶりに、口をはさめない。

「左回《ひだりまわ》り！」

気をとりなおしたエリが小さな声でいって、わけがわからないまま、四人は船をまわした。波《なみ》の音だけたててゆれずに船がまわると、みんなが右によろめいた。鍋《なべ》をしまおうとしていたハルおばさんが、「おっと」と声をあげた。
船がまっすぐ沖《おき》にむかってすすみはじめると、前甲板《バウデッキ》のハッチからエリとシュンが顔をだして前方《ぜんぽう》を見た。霧《きり》が風になって顔にあたる。船首《せんしゅ》が波《なみ》をおしわける音が強くなる。
どうしてもたずねたくなって、シュンはハッチから頭をひっこめ、うしろにむかっていった。
「ロボットたちは九時にやってくるはずじゃなかったのですか?」

全員《ぜんいん》が船室《キャビン》のテーブルのまわりにあつまっている。

「それが……。」

と、ジュリエットがいいかけたとき、エリが息《いき》をのんで、シュンの腕《うで》をつかんだ。

——え？

シュンがハッチから頭をだすと、ヨットの右舷側《うげんがわ》霧《きり》のなか、ほんの四、五メートルほどはなれたところに、ロボットがふたり乗ったボートが浮《う》かび、海をすすむタンポポ号《ごう》とおなじ速《はや》さで空中《くうちゅう》をすすんでいた。

ボートのロボットたちがひかる目でこちらを見ている。

「ワレワレニ、モリノイシヲクダサイ。」

波《なみ》の音のなかに、なんどきいてもすきになれない声がひびいた。

レオンが手すりにつかまりながらシュンとエリのところにやってきて、ふたりの背中《せなか》をたたいた。船室《キャビン》の上部にならんでいる明《あか》りとりの窓《まど》から、ロボットのボートを見たのだ。

「この場所はぼくとかわって、きみたちは船を飛ばしてくれ。上から乗りこまれてはたまらん。」

ふたりがテーブルのほうに行くと、全員《ぜんいん》が右舷《うげん》の窓《まど》から、からだをかたくしてロボットのボートを見つめている。ヒキザエモンなど、窓わくの手すりにとりついていた。

「船を飛ばすよ。」

エリがアミとトモローに声をかけ、四人はうなずきあった。

「飛べっ！」

イメージする。ぐうんとタンポポ号が浮《う》かびあがるのをからだで感じた。海面《かいめん》からはなれて、波《なみ》をおしわける音がなくなる。窓《まど》の外のロボットのボートが窓の下にしずむ。

「このヨット、飛べるの！」ジュリエットがさけんだ。

「さきほど飛べるようになったといったではござらぬか」と、ヒキザエモンがいった。

それはきかずに、ジュリエットがにぎりこぶしをつくった。

「すごい！　これでなんとかなるわ。」

みんなもこれでなんとかなる、と思った。けれどすぐ、窓《まど》のおなじ位置《いち》にロボットのボートがあらわれた。

「もっと速《はや》くすすめないのか。」

レオンがふりむいていった。

「もっと速く。」

エリがいった。四人は石のそばで明《あか》りとりの窓《まど》をにらみながら、もっと速くすすむ船をイメージした。ボートが窓からうしろに消《き》え、風の音が強まり、ワイヤーロープがマストにあたる音が連続《れんぞく》してきこえはじめる。

「やった！」

と、ヒキザエモンがいいおわらないうちに、窓《まど》のおなじ位置《いち》に、ボートはあらわれた。

「もっと速く！」

エリがいった。すごい風とロープの音。ボートは一瞬《いっしゅん》おくれて、すぐにおなじ位置についた。

ロボットが首を左右に振《ふ》り、手をうごかしているのは、なにかしゃべっているらしい。けれど風の音できこえない。

「いったんとめてくれ。」

レオンが四人を見ていった。スピードをおとしていくと、風とロープの音がよわまる。タンポポ号《ごう》にあわせて、ボートもスピードをおとしていく。やがてふたつの船は、四、五メートルはなれて空中《くうちゅう》でとまり、静《しず》かになった。

霧《きり》のむこうからロボットが話しかけている。きっとサパーだ。

「トブノワ、モリノイシノ、ムダヅカイデス。」

エリが声をおさえていった。

「だめかもしれないけど、〈あっちへ行け〉をやってみよう。」

四人は心のなかで、「あっちへ行け」とさけんだ。なにもおこらない。

「ワレワレワ、ホントウニ、コマッテイルノデス。モリノイシヲクダサイ。」

「〈あっちへ行け〉のききめがないように、石の力でバリアーを張《は》っているんだ。」

シュンがつぶやいた。

「アナタタチワ、モリノイシガナクテモ、ヤッテイケルデショウ。」

「バリアー？」

エリが首をひねるのに、アミがこたえた。

「防御《ぼうぎょ》する壁《かべ》とか障害《しょうがい》という意味。」

「森《もり》の石は、森のものでしょう。森の石は森をまもっています。森がほろびると、わたしたちもほろびるじゃありませんか。」

前甲板《バウデッキ》のハッチから話しているレオンの声がきこえてくる。

と、だしぬけに、うしろの操舵席《コクピット》から声があがった。

「わたしたち、光の島へ行くわ。行ってロメオにあの約束《やくそく》はどうなったのかきいてみる。」

とつぜんのジュリエットの登場《とうじょう》に、ロボットたちだけでなく、タンポポ号《ごう》のみんなもおどろいた。

「わたしたち、ですと？　いや、なんと無鉄砲《むてっぽう》な女でござろうか！」

窓《まど》にはりついたヒキザエモンが、うなるようにいった。

「ヤッパリ、ナカマダッタノカ！」

「ダカラ、ワタシガ……。」もうひとりのロボットがいいかけて、だまった。

「ドウシテ、サキマワリ、デキタノダ？」

「わたしがドラゴンだからよ。」

「ドラゴン……！」

「ドラゴンは長生きだから若《わか》く見えるし、飛べるの。」

「イマ、ソンナハナシワ……。」もうひとりのロボットがいった。

「むこうにバリアーが張《は》れるなら」と、気をとりなおしたトモローが早口《はやくち》でいった。

「もしもロボットたちがなにかをしてきたときは、ぼくたちもバリアーを張れるね。」

「すばらしい！」シュンがうなずいた。「バリアーのイメージは？」

サパーも気をとりなおしたらしい。

「モリノイシワ、ワレワレガモッテイキマス。モリノイシヲ、クダサイ。」

ちょっと考えて、トモローがいった。

「タンポポ号《ごう》が、めちゃくちゃじょうぶなシャボン玉《だま》にはいっている感じ。」

「テアラナマネワ、シタクアリマセンガ。」

とつぜんヒキザエモンがさけんだ。

「ひとりが手をあげて、もうひとりが銃《じゅう》をかまえたでござる！」

「待《ま》ってくれ！　ここには子どもたちも……。」レオンもさけんでいる。

「バリアー！」

四人もさけんだ。

19　もっと高く

つぎの瞬間《しゅんかん》、すさまじい音と衝撃《しょうげき》がタンポポ号《ごう》をおそった。たたきつけられるショックに、全体《ぜんたい》がはげしくゆれ、あちこちで木材《もくざい》のふれあうするどい音、にぶい音がひびいた。

テーブルの上の石がころげおちないように、ヒカリがからだでおさえ、四人は悲鳴《ひめい》をあげてテーブルにしがみつき、その上からハルおばさんが四人をかばうようにおおいかぶさり、レオンは前甲板《バウデッキ》の下の部屋《へや》で、ジュリエットは操舵席《コクピット》で頭をかかえてころがっていた。

「バリアーが、きかなかった……。」

と、トモローがいった。

窓《まど》わくの手すりにとりついて、白くなっているヒキザエモンが首を振《ふ》った。

「いや、バリアーはききもうした。バリアーがなければ、これどころのさわぎではござらん。ぶっとばされていたところでござる。」

――え？　と全員《ぜんいん》がヒキザエモンを見た。

「まだのこっている、あれをご覧《ろう》じろ。」

ヒキザエモンにいわれて、みんなは窓《まど》の外を見た。タンポポ号《ごう》は、球体《きゅうたい》のさざ波《なみ》のようなものにかこまれていた。波がゆれるとむこうのボートとロボットがゆらいで見える。

「それがしは、一部始終《いちぶしじゅう》はっきりと見とどけもうした」と、ヒキザエモンがいった。「ロボットが銃《じゅう》を撃《う》ったとたんに、銃口《じゅうこう》の前あたりから、まっ白な面がひろがって船をとりかこんだのでござる。そのときに強い衝撃《しょうげき》があり、そのあと、白い面ははげしくゆれて、それにつれて船もゆれ、ふるえたのでござる。そのうちにふるえがおさまり、白い面はすきとおってきて、こうなったのでござる。」

レオンは感心《かんしん》してヒキザエモンにいった。

「いや、勇気《ゆうき》があるなあ。よく見ていたものだ。ぼくは目をとじてころがっていたよ。」

「それがしの場合《ばあい》は勇気といったものではござらぬ。からだがすくんでうごけず、目さえとじられなかったのでござるよ。ヘビににらまれたなんとかという状態《じょうたい》でござる。」

と、ヒキザエモンがすこしひきつった笑《わら》いをうかべたとき、

「また撃《う》ってくる！」

と、エリがさけび、四人が同時《どうじ》に、

「バリアー！」とさけんだ。

まえとおなじくらいの衝撃《しょうげき》がおそった。こんどはだれも悲鳴《ひめい》をあげなかった。が、船のきしむ音が、まえより大きくひびいた。

「こんなことをされていたら、いまに船がこわれてしまう。もっと高く逃《に》げられないのか。」

と、レオン。つづいてヒキザエモンのうらがえった声。

「こ、こんどは、ふたりが銃《じゅう》をかまえてござる！」

四人は全身《ぜんしん》の力でさけんだ。

「もっと高く！」

テーブルの上の石が、おおいの皮《かわ》をやぶって、カッと光の柱《はしら》をふきあげた。

同時《どうじ》に全員《ぜんいん》が床《ゆか》やテーブルにおしつけられた。船はすごいいきおいでのぼり、あっというまに霧《きり》の外に出て、夕日が明《あか》りとりの窓《まど》からくっきりとさしこんだ。

全員《ぜんいん》耳をおさえた。とつぜん痛《いた》みがおそったのだ。

「とめろ、とめろ！」

レオンの声が遠くできこえ、四人はようやく船をとめた。

なんどもつばを飲みこんだ。

それでもまだ耳が痛《いた》い。シュンは船を、高度《こうど》をさげながらすすませた。エリとアミとトモローは船がうごきだしたので、だれがうごかしているのかと顔を見あった。シュンはうなずいて、指で斜《なな》め下に移動《いどう》させていることをしめした。

飛んでいたカモメがあっというまにタンポポ号《ごう》に追いぬかれ、とおざかるのが、明《あか》りとりの窓《まど》から見えた。

「シュンひとりでも、すばらしくすすむ。」

と、エリがいった。

「いまので、ほんとうに石が目ざめたんだ。」

アミがいって、きっとそうだとみんなうなずきあった。

シュンは石に、指先《ゆびさき》でちょんとさわってみた。

「あち。」やけどしそうに熱《あつ》かった。

ハルおばさんが調理場《ちょうりば》から鍋敷《なべし》きと鍋つかみを持ってきて、石を鍋敷きの上においた。

テーブルがすこしこげている。

「しかし、バリアーとは、よく思いついたなあ。」

と、レオンが感心《かんしん》した。

「トモローが思いついてくれたおかげで、たすかった。」

シュンがトモローにいうと、みんなうなずいた。トモローはうれしそうにいった。

「いや、あれはシュンがバリアーってことばをつかってくれたから、思いついたんだ。」

「そのバリアーのおかげで、このていどの耳の痛《いた》みですんでいると思うぞ。」レオンがハンカチをとりだしてひたいの汗《あせ》をふきながらいった。「もしもバリアーがなければ、全員《ぜんいん》、耳の鼓膜《こまく》が無事《ぶじ》じゃなかったところだ。」

「ま、バリアーがなければ、鼓膜以外のところも無事じゃなかったところでござるが。」

すこし余裕《よゆう》のできたヒキザエモンが笑《わら》ってみせた。

ロボットたちはどうしているだろうと、シュンは操舵席《コクピット》から身《み》をのりだすようにして島を見た。霧《きり》になかばおおわれた島のまわりにボートは見えない。

ヒカリをのこして、ほかのみんなも操舵席のほうにやってきた。もうほとんど耳は痛《いた》まない。レオンが双眼鏡《そうがんきょう》をとりだしてきて、サクラワカバ島のほうをながめた。

「いた。ボートはようやく霧のなかから出てきたところだ。」

ヒキザエモンがたずねた。

「連中《れんちゅう》は、タンポポ号《ごう》がここにいることを、知っているのでござるか？」

「ああ、いま気づいたらしい。まっすぐこちらに船をむけた。」

「追《お》いつきそうでござるか。」

ヒキザエモンが表情《ひょうじょう》をひきしめる。レオンは双眼鏡《そうがんきょう》をのぞいてだまっている。みんなもだまって、島の霧《きり》のあたりを見つめながらレオンのことばを待《ま》った。ようやくレオンがうなずいた。

「いま見るかぎりでは、どうやらさっきのようには追いつけそうもないようだ。」

「ということは、連中《れんちゅう》があきらめるまで逃《に》げまわるという作戦はうまくいきそう、ということでござるな。」

ヒキザエモンがうれしそうにいうと、みんなはほっとして顔を見あった。

レオンは双眼鏡《そうがんきょう》から目をはなさず、いった。

「ぼくもそう思う。でも、とつぜん考えられんことをするかもしれんから、ゆだんはしないで、見はっていることが必要《ひつよう》だな。」

船尾側《せんびがわ》の下に、サクラワカバ島の全景《ぜんけい》が見える。夕日をあびてかがやいている。霧吹《きりふ》き島《じま》からむこうが霧におおわれ、そのむこうに丘《おか》が見え、さらに森が山につながり、頂上付近《ちょうじょうふきん》に湖《みずうみ》がふたつ見える。

「高度《こうど》何メートルぐらいだろう」と、トモローがつぶやいて、レオンが「六百メートルから八百メートルくらいじゃないかと思うな」とこたえた。

「どうしてそんなことがわかるの？」

と、エリがたずねた。レオンは、

「あの山が四百五十メートルほどなんだ。この距離《きょり》で山頂《さんちょう》ふきんの湖《みずうみ》の水面《すいめん》が見えているから、そんなもんだろう。」

と、こたえた。なるほどな、とシュンはうなずいた。

「いま、すすんでいるのでござるか？」

と、ヒキザエモンがシュンにたずねた。「すすんでいます」とシュンがこたえると、ヒキザエモンは首をひねった。

「風がないと、実感《じっかん》がわかぬようでござるな。」

「バリアーをはずしてきましょうか。」

と、トモローがいうのを、レオンがとめた。

「われわれの耳のためには、もっと高度《こうど》をさげてからバリアーをはずしたほうがいいと思うぞ。」

「じゃあ、もっと高度をさげてきましょう。」

と、船室《キャビン》のテーブルのほうに行きかけるトモローを、こんどはシュンがとめた。

「ここからでもできるんじゃないかな。目ざめたんだから。」

「やってみよう。」

エリがうなずいて、四人は高度《こうど》をさげるイメージをつくった。からだがふうっと浮《う》く感じがした。操舵席《コクピット》からでも、石はつかえる。

「ああ、もっとゆっくり。」

アミがいって、速度《そくど》をおとした。それでもまた耳がつうんとして、つばをのみこまなければならない。

海上五十メートルほどの高さになったところで、四人はバリアーのシャボン玉《だま》が消《き》えるところを思いうかべた。

とつぜん、ヨットはつめたくかわいた風のなかにほうりだされた。マストをささえるロープが風を切る音、帆《ほ》をあげるワイヤーロープが風にあおられ連続的《れんぞくてき》にマストにあたる音が鳴りはじめる。はるか下の海面《かいめん》で白波《しらなみ》がくずれる音がそれにまざった。

「おい、こりゃあ寒《さむ》いぞ。六月とは思えん。」レオンがコートのえりを立てた。

ほぼ五十メートルの高さをタンポポ号《ごう》はすすむことにした。島にもどりやすいように、進《しん》路《ろ》はきっかり西と決《き》める。船室《キャビン》の入り口、両側《りょうがわ》に羅針盤《コンパス》がついているから、たしかめやすい。

もう霧《きり》のなかにはいないので、ヨットは気持ちよくかわいていく。

太陽《たいよう》が正面《しょうめん》の海にしずもうとしていて、空は夕焼《ゆうや》け色《いろ》にそまっている。

「ロボットから逃《に》げているのでなければ、すてきなながめって思えるのにね。」

と、アミが真顔《まがお》でいった。

シュンは気になっていたことを思いだした。

「でも、どうして、九時にならないのにロボットたちはやってきたんだろう。」

そうだったと、みんな顔を見あわせた。

「ごめんなさい。」ジュリエットが肩《かた》を小さくしていった。「わたしのせいなの。」

「どういうことだか話してくれるかな。」

レオンにいわれて、ジュリエットは操舵席《コクピット》のベンチに腰《こし》をかけた。

「話がよくきこえるように、さっきのバリアーを張《は》ってくれよ。」

レオンがいいおわらないうちに、バリアーが張られ、風と波《なみ》とロープの音が消《き》えた。みんながジュリエットのほうを見たが、レオンだけは双眼鏡《そうがんきょう》から目をはなさなかった。

「わたしね、エリとシュンがかえったあと、だんだんロメオのことに腹《はら》が立ってきたのね。サクラワカバ島をおそわない約束《やくそく》はどうなったんだ。わたしのことはどう思っているんだって考えだしたら、もうじっとしていられなくなったの。それで、自分でロボットたちにもんくをいいに行こうと思ったのね。

〈通路《つうろ》の番人《ばんにん》〉を友《とも》だちにたのんで、バッグに入れた服《ふく》と靴《くつ》を持って、南の湖《みずうみ》に飛んでいったわ。ものかげでひとのすがたになって服を着《き》て、ロボットたちの前にあらわれたの。ロボットたちは三人いた。足なんかはずして、修理《しゅうり》してるの。ひとりは、むかしわたしのところに飛んできたのとおなじような鳥の胸《むね》をあけて、自分の胸になにかをうつしてた。あれはきっと森《もり》の石だったのね。

わたし、いったの。『キャプテン・サパーは、どちらのかた？』ロボットたちはおどろいたと思う。ロボットのくせに、ぎくっとしたもの。ひとりのロボットが『わたしだ。だが、どうしてその名を知っている？』っていったの。へんなしゃべりかたで。

わたし、いってやった。『ロメオからきいたの。ロメオはサクラワカバ島を攻撃《こうげき》しないっていっていたのよ。それはどうなったの？』って。『おまえはだれだ？』ってサパーがきくから、『ロメオの恋人《こいびと》』っていったの。

サパーは『ロメオからきいたというのも、恋人というのも信《しん》じられない。しかし、その話はたしかにあった。だが、どうしても森の石があつまらないいまとなっては、そんなことはいっていられない、だいじなことは森の石を持ってかえることだ』っていうのよ。

『ロメオはそんなことをのぞんでいない』ってわたしがいうと、

『いや、ロメオはわれわれの判断《はんだん》を正しかったというはずだ』っていうじゃない。

わたし、むかっとして『わたしのロメオがそんなことをいうはずがない』っていったんだ。

サパーがロメオの部下《ぶか》なら、わたしのいうこともまじめにきくべきじゃない？　なのに『われわれのロメオにきいてみるといい』ってサパーがいうのよ。わたし腹《はら》が立って、思わず『じゃあきくわよ』っていってしまったの。

するとサパーは『さっさとききにいってくれ。われわれは修理《しゅうり》にいそがしい。じゃまをしないでくれ』なんていうのよ。

そのいいかたにむっとしたわたし、なにか気のきいたことをいいかえしてやりたいって気分《きぶん》がむらむらってわきあがってさ、『九時までになおせばいいんでしょ。じゅうぶん時間はあるじゃない』って、いっちゃったのね。」

ここでヒキザエモンが顔をしかめて、その口を「あさはかな」とうごかしたのをシュンは見た。

「それをきいたサパーに『どうして九時と知っていたのだ。いや、それよりも、どうしてわれわれがここにいることを知っていたのだ』っていわれて、わたし、苦《くる》しまぎれに、『そんなこと、だれだって知っているわよ』なんて、めちゃくちゃなこといっちゃった。

『そこまで知られているからには、攻撃《こうげき》をはやめる必要《ひつよう》がある。三人のからだのいい部分《ぶぶん》をよせあつめて、ふたりで行こう』と、サパーがいうと、ひとりのロボットが『この女がやつらにそのことを教えるぞ』って銃《じゅう》を手にとったの。そうしたら、サパーがとめてくれたのよ。『われわれはボートで飛んでいく。この女は歩いていく。間《ま》にあわない。われわれがさきに着《つ》く。』

わたし、バッグのところまで歩いて、ドラゴンになって、ひつじ亭《てい》まで飛んだの。でも、ひつじ亭にはだれもいなかったわ。で、そのあたりにかくれていたの。そしたらふたりのロボットが、ボートに乗って空を飛んでくるじゃない。思ったよりおそかったわ。ロボットたちはひつじ亭をさがしたけれど、だれもいないとわかって、霧《きり》の町にさがしにいこうとしたの。そのときに、港《みなと》のほうでみょうな光が見えたのね。」

「あ」と、シュンがつぶやいた。「最初《さいしょ》にタンポポ号《ごう》が浮《う》かんだときだ。石がひかったから。」

ジュリエットはつづけた。

「ロボットのボートは、その光にむかって飛びはじめたの。わたし、きっとレオンのヨットだって思ったわ。だから、なんとかロボットたちよりさきにみつけようと、霧《きり》のなかをひっしに飛んできた、というわけ。九時って、ばらして、ごめんなさいね。」

みんな、ふうっと息《いき》をついた。

ヒキザエモンが、立てたひとさし指《ゆび》を振《ふ》った。

「で、たしか、さきほど、『わたしたち光の島へ行く』と……。」

ジュリエットがさえぎった。

「そうなの。ね。わるいけど、この船で光の島まで飛んでくれない？」

「なんと無鉄砲《むてっぽう》な……。」

と、ヒキザエモンがいいかけたとき、ハルおばさんが大きな声をだした。

「たいへん！　とっくに六時は過《す》ぎている！　もう七時をまわっている！」

「あ！」

トモローとアミも顔を見あわせた。

「ごめんなさい。だいじょうぶなんだ。」

と、エリが頭をさげた。みんなは、え？　とエリを見た。

「こっそり、レオネッタとレオーネに、いっておいたんだ。まさかのときのために。

もしも、六時にもどらなくても、かならずいつかもどってくるから、そのときまでアミとトモローの役《やく》を、ずっとやっていてねって。」

みんなは顔を見あわせた。

「あんたときたら……。」ハルおばさんはエリを見て大きな息《いき》をついた。「じゃあ、シュンはどうするの？　何日も逃《に》げまわらなければならなくなったら……。」

「すみません。」こんどはシュンが頭をさげた。「レオーネがときどきぼくになって、あらわれてくれることになっているんです。」

「あきれた！」ハルおばさんは口を大きくあけて、いやいやをするように首を振《ふ》った。「こんなわるい子たち、見たことがない。」

「すまないなあ。こんな子たちにつきあわせて。」レオンは、トモローとアミに頭をさげた。「いまから、ロボットたちをだしぬいてサクラワカバ島の通路《つうろ》にもどり、家にかえってもらうことにしよう。」

「いいえ。」アミが首を振《ふ》った。「レオネッタとレオーネが身代《みが》わりをしてくれているのだったら、わたしは光の島まで行くのにつきあいたいです。中途半端《ちゅうとはんぱ》はいやです。」

トモローもはげしくうなずいた。

「ぼくたちがいたほうが、きっと石の力を強くひきだせると思うし……。」

レオンはハルおばさんの顔を見た。ハルおばさんは船室《キャビン》の天井《てんじょう》を見あげた。

ヒキザエモンがいった。

「いまアミ殿《どの》は光の島まで行くといわれたが、まだ、光の島に行くと決《き》まったわけではないのでござろう？」

レオンもハルおばさんもそうだったとうなずいた。

「そのことですが、行く行かないをいうまえに」とシュンがいった。「サクラワカバ島をおそわないと約束《やくそく》した話、それ、どの島の森もおそうべきではないと思うのですが。」

「わたしもそう思う。」アミがつづけた。「サクラワカバ島がいやなことは、どの島もいやだと思う。」

「たしかに。」エリもいった。「サクラワカバ島だけがおそわれなければいいって、へんだと思う。」

お、という形にジュリエットは口をあけた。そのジュリエットを見て、トモローが、

「じゃあ、ジュリエットさんがロメオさんに、どこの森の石もうばわないでちょうだい、森の石はつかわないでちょうだいって、いえばいいね」というと、ジュリエットは口をあけたまま、二度三度うなずいた。

「ということは、光の島に行くってことね。」

と、エリがいった。レオンが目を大きくした。

「おいおい、そんなことをして、飛《と》んで火に入《い》る夏の虫ってことにならないかい？　森の石がほしいってところに、森の石を持っていってやるんだぜ。」

ジュリエットが胸《むね》をはった。

「だいじょうぶ。わたしにまかせて。きっとロメオを説得《せっとく》してみせるわ。わたしのいうことだったら、きっときいてくれる。」

ヒキザエモンとレオンは複雑《ふくざつ》な表情《ひょうじょう》で顔を見あわせた。レオンが、

「まあ、そうかもしれんが、あるいは、むかしのロメオとはちがうかも……。その、心がわりってことも……。」

というと、ヒキザエモンもつづけた。

「かりに、鳥をよこすまでの五十年間、想《おも》いつづけてきたとしても、それからあともおなじように想いつづけているかどうか、わからんのではござらぬか。」

「ロメオにかぎって、そんなことはないわ！」ジュリエットはいいきった。そしてつづけた。

「あんたたちとはちがうんだから。」

レオンとヒキザエモンは、もういちど顔を見あわせた。

シュンがいった。

「もし、なにかあっても、いま光の島には森の石が不足《ふそく》しているはずです。ぼくたちのほう

が圧倒的《あっとうてき》に有利《ゆうり》なはずじゃありませんか。」

なにかって、なによ、とジュリエットは口のなかでつぶやいた。

「もしまずいことになっても、バリアーを張《は》って高速《こうそく》で逃《に》げだせばだいじょうぶだと思うな。」

トモローもつづけた。だからまずいことってなによ、とジュリエットはぶつぶついった。

「うーん、それはそうかもしれんが……」とレオンはむずかしそうな顔をした。「行くにしたところで、その光の島はどこにあるんだ。だれか、行きかたを知っているのかい？」

ヒキザエモンがうなずいた。

「それはちゃんと、シュン殿《どの》が地図《ちず》を手に入れているのでござる。」

レオンはため息《いき》をついた。

「行くとしても、危険《きけん》なまねはしないぜ。」

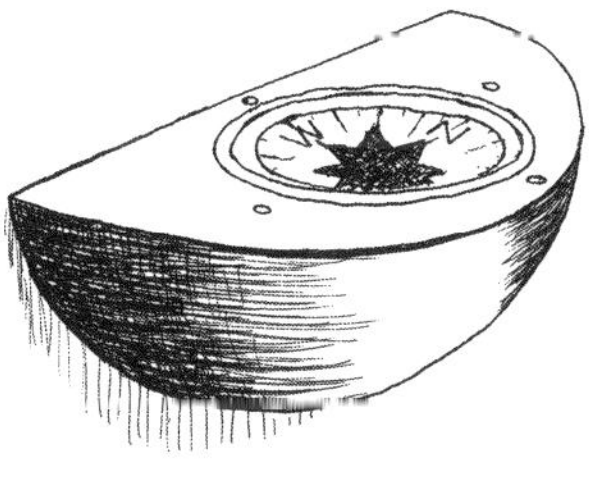

20　不安《ふあん》があるのだけれど

レオンはシュンがとりだした地図《ちず》を見て、すこし考えた。

「しばらくこのまま西にすすむことにしよう。あす、明るくなればどこかの島をみつけて、そこから光の島の方角《ほうがく》をわりだして、すすむ方向《ほうこう》を決《き》めよう。」

「そうと決まれば、食事《しょくじ》にしようよ。もしもお鍋《なべ》が無事《ぶじ》ならね。」

と、ハルおばさんがいって、操舵席《コクピット》から船室《キャビン》におりていった。

レオンがみんなを見まわした。

「いまのところ、ロボットたちのボートはちかづいてはいない。だが念《ねん》のためにバリアーは張《は》ったままにしておいて、交代《こうたい》で見はるのがいいな。暗《くら》くなってきたけれど、もしもロボットたちがちかづいても、目がひかるからわかるだろう。」

ヒキザエモンが手をあげた。

「じゃあ、最初《さいしょ》はそれがしが見はろう。」

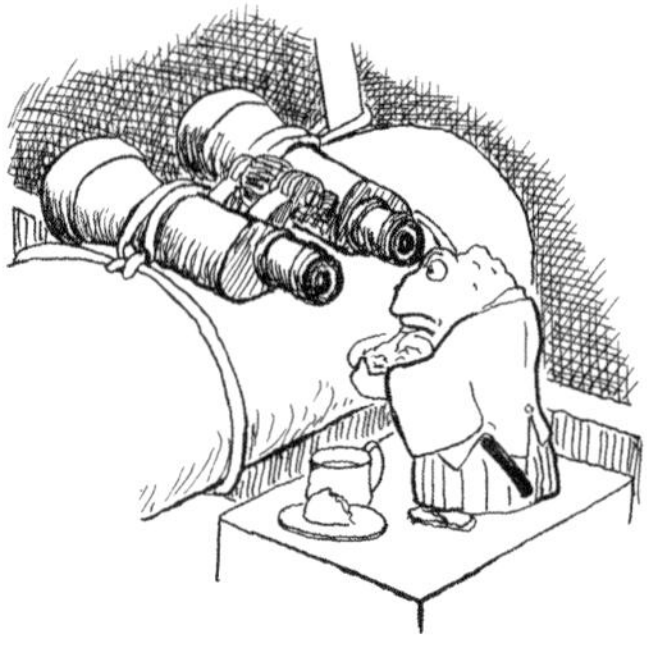

レオンはヒキザエモンが見やすいように、双眼鏡《そうがんきょう》を細いロープで船体《せんたい》に固定《こてい》した。そのあと、四人にいった。

「地図《ちず》を見ると、サクラワカバ島から西の島にはどうやら三百メートルを超《こ》す山はないようなんだが、夜のうちにぶつかるのはごめんだろ。ひとつ、タンポポ号《ごう》を、さっきの六百から八百メートルぐらいの高さで飛ばしてくれんか。だいたいでいいから。」

「ゆっくりとのぼっていきましょう。」アミがいって、みんなはうなずいた。

バリアーにつつまれたクルーザーは、おなじ速《はや》さで西へすすみながら、ゆっくりと高度《こうど》をあげていった。空は赤みが消《き》え、ずいぶん暗《くら》くなってきている。ひとつふたつ星が見えた。これくらいでいいだろうと思ったところで、船を水平《すいへい》にすすませ、四人は船室《キャビン》にはいった。テーブル席《せき》のむこうのはしにヒカリ、それからレオンとジュリエットがすわっている。四人はその向《む》かい側《がわ》にすわった。船室は、石とキノコのひとから出る光で、ふしぎな明るさに満《み》ちている。石は目ざめたときのはげしい輝《かがや》きではなく、おだやかなひかりかただ。さわると熱《あつ》いが、やけどをするほどではない。

「お鍋《なべ》は無事《ぶじ》。ジュリエットが毛布《もうふ》でくるんで戸棚《とだな》に入れろっていってくれなきゃ、ひどいことになっていたよ。それに、毛布のせいでまだあたたかい。」

といいながら、ハルおばさんはソーセージと野菜《やさい》のたっぷりはいったスープと、パン、水を、みんなにくばった。あいかわらずヒカリは食べない。ヒキザエモンのぶんは操舵席《コクピット》に持っていった。

スープはなにかのハーブがはいっているらしく、いい香《かお》りがしておいしい。パンはひつじ亭《てい》できょうの朝焼《や》いたパンで、シュンのすきなバゲットだった。そっとアミを見ると、ちゃんと食べている。いろんなことがありすぎて、気分《きぶん》がわるかったことをわすれているらしい。

食事《しょくじ》をしながら、はじめてのひとたちを紹介《しょうかい》した。ヒキザエモンは操舵席《コクピット》からトモローとアミに、「それがしのことをおききおよびでござらぬか」とたずね、首を振《ふ》られがっかりした。ジュリエットも「わたしのこと、きいていない？」とたずね、きいていないとこたえられ、「口がかたいのねえ」とつぶやいた。ジュリエットのことを知っているだれかがいたらしい。

紹介《しょうかい》しあったあとはいろんな話が出た。

シュンとエリは、これまでのふたりのことを、トモローとアミにかんたんに話した。シュンがこちらの世界にこられるようになったわけを話したところで、アミが、

「じゃあ、わたしたちも、こられるようになった？」

と、スープとパンを指《ゆび》さした。

「そういうことになるな。」

と、レオンがいって、トモローがうれしそうな顔になった。

「あたたかいスープのおかわりはどう？」

ハルおばさんが立ち、レオンは「たのむ」と皿《さら》をだした。操舵席《コクピット》からヒキザエモンも「それがしにも」といった。ハルおばさんはおかわりをまずヒキザエモンの皿に、それからレオンの皿によそった。

そのあと、コーヒーか紅茶《こうちゃ》かすきなほうがくばられた。四人は砂糖《さとう》とミルクを入れた紅茶を、おとなたちはコーヒーをえらんだ。

「キノコのひと、あまり、しゃべらないね。」

と、トモローがいうと、

「森の石と、森をまもりたいひとと、いっしょにいる、満足《まんぞく》。」

ヒカリがしずかにいった。

もしかすると、あのふたりのロボットが新しい作戦《さくせん》でおそってくるかもしれなかった。また、光の島に着《つ》いても、ロメオがジュリエットの説得《せっとく》をうけいれてくれるかどうかわからなかった。そういう不安《ふあん》があるのに、ふしぎであたたかい光のヨットの船室《キャビン》で、みんなでいっしょに食べてお茶《ちゃ》を飲んでいる。このいまの時間を、いいなあとシュンは思った。

食器《しょっき》をあらいたいとハルおばさんがいったので、スピードをおとしながら高度《こうど》をさげて、バリアーをはずし、海にクルーザーを浮《う》かべた。

海の風が吹《ふ》き、船にそってながれる波《なみ》の音がおだやかにきこえる。

「やっぱりヨットは海の上がいいな」とレオンがいっている。

洗《あら》い物《もの》は海水《かいすい》でする。流《なが》し台《だい》には蛇口《じゃぐち》がふたつあって、いっぽうはつみこんでいる清水《せいすい》、もういっぽうは手動《しゅどう》のポンプでくみあげた海水が出る。ながした水は海にもどす。

「てつだいます」とハルおばさんのそばに立ったのはトモローだった。「いつも家でしていますから。」

シュンもエリもアミもてつだうといった。ハルおばさんは最初《さいしょ》にいったトモローだけを助《じょ》手《しゅ》にした。台所《だいどころ》がせますぎるのだ。

洗《あら》い物《もの》がおわると船をまた空に浮《う》かばせ、進路《しんろ》を西にしてバリアーを張《は》り、スピードをあげる。

このあとボートを見はる当番《とうばん》をおとなたちで決《き》めようとしているのをきいて、「ぼくにもさせてください」と、シュンがいったら、ほかの三人もするといった。

レオンは船室《キャビン》のまるい時計《とけい》を見て、いった。

「いまが九時まえだから、じゃあきみたちには十時半まで見張《みは》りをしてもらおう。それから寝《ね》てくれ。もしもなにかあったら、すぐにおきてもらわなければならないから、服《ふく》のまま寝てくれるかな。一枚《まい》ずつ毛布《もうふ》がある。」

四人が操舵席《コクピット》に行くと、「わあ!」と、トモローが声をあげた。「すごい星だ。」

「ほんとう!」アミも空を見あげて、口をぽかんとあけた。

「へえ、むこうの世界と、星の位置《いち》はおなじなんだ」と、トモローがいう。

「ほんと? ぼくは星の数が多すぎて、わからなかった。」シュンがいうと、

「トモローは星がすきだから、よく知っているのよね。」

と、アミがいい、トモローは笑《わら》った。

「ぼくはおなじって思うけど、もっとくわしいひとが見たら、ちがうっていうかもしれない。」

「長いあいだ、おつかれさま。」エリがヒキザエモンにいった。

「じっとしているのは苦《く》にならないのでござるよ。」

アミが操舵席《コクピット》の座席《ざせき》にすわると、ヒキザエモンとおなじ目の高さになった。

ヒキザエモンは固定《こてい》していた双眼鏡《そうがんきょう》で、どれがロボットの光か教えてくれた。なにしろ水平線《すいへいせん》まで星が見えるのだ。ロボットの目は、星よりも黄色《きいろ》っぽいので、見分けがついた。

ヒキザエモンが船室《キャビン》にはいっていくと、操舵席《コクピット》は四人だけになった。

後方《こうほう》のロボットの目の光だけを見はっていればいいといわれたが、前方《ぜんぽう》も気になってとき

どき目をやる。

シュンとエリは、まだ話していなかったキノコのひととの話やジュリエットの話などを、トモローとアミに話した。トモローとアミは、三年生のときにレオンをたすけてニワトリの鳴《な》き声《ごえ》を救《すく》いだした話をした。霧《きり》の広場《ひろば》の庭師《にわし》が二羽《わ》のニワトリをつれてしごとをしているとエリが話すと、トモローとアミはなつかしそうに顔を見あわせた。

シュンは四人がずっとまえからの友《とも》だちのような気がした。

ときどきうしろのボートを双眼鏡《そうがんきょう》で見る。が、ずっとおなじ距離《きょり》だ。せいいっぱいすすんでも追《お》いつけないのか、わざとその距離をたもっているのか、わからない。

「ぼくたちがねむっても、バリアーとか船が飛んでいるのとか、だいじょうぶなんだろうか」と、トモローがいった。「だれか起きていたほうがいいんじゃないかな。」

「だいじょうぶと思う。」エリは、首をかしげながらいった。「いろんなことがあって、船がゆれないようにしたの、わすれていたでしょ。でもゆれないのがつづいているんだから、きっとだいじょうぶなんじゃない？」

「なるほど。」トモローはうなずいた。

「寝《ね》るまえに、この状態《じょうたい》がつづくことをねがえばいいかも。」

とシュンがいって、そうしようとうなずきあった。

話がとぎれると静《しず》かになる。

おとなたちは自分の当番《とうばん》にそなえて、からだをやすめているようだ。

船室《キャビン》には、ハルおばさんだけがのこり、ヒカリ相手《あいて》に話しこんでいる。

「……いくら森の石にものをうごかす力があるとしても、ほんとうは森を元気づけるものだろ。だから、森の石をまもるためだっていうけれど、こうやって空を飛んだりして森の石をつかうっていうのは、ほんとうのところは、まちがっているような気がするよ。」

ハルおばさんの低い声がきこえた。ヒカリの声はよくきこえなかったが、あまり感情《かんじょう》をあらわさないヒカリにしてはめずらしく、感激《かんげき》してなんども大きくうなずき、そのとおりだといっているようだった。

「なんだかふしぎだな」と、トモローが小さな声でいった。「きのうまでなら、もしも呼《よ》ぶとすれば藤井《ふじい》くんって呼んだと思う。でもいまはシュンって呼んでる。で、きのうまでなら、なんだかわからない子って感じだったけど、いまは、いろんなことをすじみちをたてて説明《せつめい》できて、きちんと考える子だって思う。」

「なんだかわからない子だったんだ。」

エリがシュンを見て笑《わら》った。

空には、砂《すな》をまいたように星がひかっている。

「わたしね」と、アミは低い声でいった。ほとんどささやくような声なのに、よくきこえる。

「三年生のときのこと、ほんとうにあったことだって知ってたんだよ。でも、たしかめようがないじゃない。ほら、わたし、中学校を受験《じゅけん》しようって思っているでしょ。そんなときに、夢《ゆめ》みたいなたしかめられないことを、いつまでも考えていちゃいけないって思った。それなのにトモローはずっとレオンの世界のことを思いださせるでしょ。だから、トモローにも、そのことは考えないようにしてほしかったんだ。」

トモローは、ただ、「うん」といった。

「でも、たしかめちゃったわけだ。」

と、シュンがいった。アミがうなずいた。

「うん、たしかめてしまった。それで、わたしはこまっているわけ。」

「こまることはないかもしれない」と、エリが小さな声でいった。「こちらの世界もある。あちらの世界もある。」

なるほど、とシュンが思ったとき、

「あ」とアミが声をあげた。「お月さま。」

ロボットたちのボートよりもすこし左側《ひだりがわ》の水平線《すいへいせん》から、海を銀色《ぎんいろ》にひからせて、すこし欠《か》けた大きな月がのぼるところだった。

21

荒《あ》れはてた島

月がのぼったすぐあと、ハルおばさんが見張《みは》りの交代《こうたい》にやってきた。

「四つの寝台《バース》はあんたたちのためにあいているからね。ヒカリはテーブルの下で、ジュリエットは前甲板《バウデッキ》の下の部屋《へや》で、ほかのひとたちは戸棚《とだな》でねむってる。」

と、ハルおばさんは小声でいった。戸棚で？　と首をかしげる四人に、おばさんはあたりまえのようにいった。

「ほら、ヒキザエモンさんはあの大きさだし、レオンとわたしはカメレオンになれば小さいのよ。」

船室《キャビン》にはいると、テーブルの上におかれた石が、おおいの皮《かわ》のすきまからあたたかい光をはなっていた。テーブルの下がほんのりと明るいのはキノコのひとが横《よこ》になっているせいだ。

船室のテーブルの左右のベンチがふたつの寝台《バース》になり、あとふたつは操舵席《コクピット》の下左右にある。

トモローとアミが操舵席《コクピット》の下をえらんだので、シュンとエリがテーブルの左右のベンチでねむることになった。

ささやき声の「おやすみ」のあと、四人は服《ふく》を着《き》たまま毛布《もうふ》にくるまり寝台《バース》に寝《ね》ころがった。

シュンはなかなかねむれなかった。目をあけると、船室《キャビン》の天井《てんじょう》に、すきまからもれた石の光がオレンジ色っぽいもようをつくっている。テーブルの下から向《む》かいのベンチを見ると、キノコのひとの明るさで、毛布《もうふ》を頭からかぶっているエリが見える。

――きょうはいろんなことがあった……。

――いまごろお父さんはタクシーを走らせているのだろうな……。

そんなことを思いうかべているうちにねむってしまったらしい。


目がさめると、自分がどこにいるのかわからなかった。操舵席《コクピット》のほうから朝日がさしこんでいる。すぐにここはタンポポ号《ごう》で、海の上を飛んでいる、ということを思いだした。

まだみんなねむっているようだ。シュンはそっと起《お》きあがって靴《くつ》をはいた。かがんで靴のひもをむすぶとき、テーブルの下から向《む》かいの寝台《バース》に目をやると、いま目がさめたのか、ずっとこちらを見ていたのか、エリと目があってすこしおどろいた。声にださずに口だけうごかして「おはよう」というと、エリも口だけで「おはよう」といった。

音をたてないように操舵席《コクピット》に行くと、レオンが見張《みは》りをしている。エリも起きだしてやってきた。

「どうですか？」

小声《こごえ》でたずねると、

「あいかわらず。」

と、レオンも小声でこたえ、後方《こうほう》にあごをしゃくった。

青い空と海がひろがっている。まぶしく海をひからせて太陽がかがやき、ぽつんと点になったロボットのボートが見えている。

「ねむれた？」とレオンはシュンとエリを見あげた。

「はい。」シュンはうなずいた。

エリもうなずいて、「見張《みは》り、かわろうか？」といった。

レオンはだいじょうぶだと笑顔《えがお》を見せた。シュンとエリはレオンの向《む》かいにすわって海と空をながめた。

「アミくんもいっていたけど、こんなことでなければ、すばらしい朝だな。」

と、レオンが小声でいった。

そのうちに、みんなが起きてきた。アミもトモローも、なかなかねむれなかったが、いつのまにか朝になっていたといった。

ハルおばさんとトモローが、朝食をくばった。ジャムをつけたパンとリンゴ、ゆで卵《たまご》、そして紅茶《こうちゃ》の朝食だ。

船を海におろして朝食のあとかたづけをしたあと、もういちど浮《う》きあがった。そのとき、見張《みは》りをしていたヒキザエモンの声がきこえた。

「十二時の方向に島でござる。」

「それそれ、その島の形で、この船の位置《いち》がわかる。」

レオンがいって、タンポポ号《ごう》を島の上空《じょうくう》にいそがせた。サクラワカバ島よりも大きな島で、島の形を見るにはかなり高く飛ぶ必要《ひつよう》があり、耳が痛《いた》くならないように気をつけてだんだん上昇《じょうしょう》していく。

みんなで地図《ちず》と島の形を、船《ふな》べりからのりだして見くらべた。ロクロク島のようだ。

「サクラワカバ島から船で三日《みっか》かかる距離《きょり》を、一晩《ひとばん》で飛んだわけだ。」

と、レオンがいいながら、船室《キャビン》にはいり、チャートテーブルで地図をひろげた。

「しかし……」ヒキザエモンが首をひねった。「それがしは若《わか》いころ、ロクロク島には一度だけわたったのでござるが、なにか感じが……。」

「ゆっくりと高度《こうど》をさげてみよう。」

シュンがいって、四人は船をおろした。島がだんだん大きくなる。

「森《もり》でござる！」ヒキザエモンがさけんだ。「以前《いぜん》は、港《みなと》までせまる森があり、高台《たかだい》に森をひらいた町が、緑《みどり》にかこまれていたのでござる。その森が……！」

レオンも船室《キャビン》から出てきて下を見て、うなり声をあげた。

たしかに、高台《たかだい》に町はある。すんでいるひとたちもいて、タンポポ号《ごう》を見あげている。が、町のまわりはもちろん、島の全体《ぜんたい》が、枯《か》れた色をしている。枯れた色のあちこちに、弱々《よわよわ》しい緑がまざっているにすぎない。

タンポポ号のみんなは顔を見あわせた。

「サクラワカバ島もこうなるところだったのね。」

ジュリエットがつぶやき、ハルおばさんは声にならない声をもらした。

「レオン、光の島の方角《ほうがく》は、わかった？」エリがたずねた。

「わかった。」レオンはうなずいた。「ここから西北西にまっすぐだ。」

シュンたち四人は操舵席《コクピット》の船室側《キャビンがわ》の壁《かべ》につけられたふたつのコンパスを見た。

「コンパスの針《はり》をうごかすんじゃなくて、船をうごかすのよ」とアミがいうのに、「わかってるよ」と、トモローがこたえる。船はへさきをやや北に振《ふ》って、西北西にすすみはじめた。

「どれくらいかかるの？」

エリがたずねると、レオンはチャートテーブルの地図《ちず》を指《ゆび》さしていった。

「ここまで半日でやってきて、光の島まではその距離《きょり》の九倍《ばい》というところだから、このペースで飛ぶと四日半《よっかはん》というところだな。」

「往復《おうふく》で九日？　食料《しょくりょう》がもたない。」

と、ハルおばさんが目を大きくした。

「きょうじゅうに光の島に行く、というのはどうでしょう。」シュンがいって、みんながシュンを見た。「九倍《ばい》の速《はや》さで飛べば半日で、つまりきょうの夕方《ゆうがた》あたりに着《つ》くわけだから、それより速ければもっと早く着けるわけではありませんか。」

みんなはなるほど、とシュンを見た。

「しかし、このクルーザーがその速さにたえられるのでござろうか。」

ヒキザエモンがレオンを見ると、レオンは首をひねった。かわりにトモローがいった。

「船はバリアーのなかにはいっているからだいじょうぶじゃないかな。風を感じないんだから。」

エリがつづけた。

「じゃあ、だんだんスピードをあげていって、だいじょうぶだったら十倍《ばい》の速《はや》さで飛びましょう。」

アミがレオンにたずねた。

「地図《ちず》で、ここから光の島までひいた線《せん》の下に、べつの島がありますか？」

「ああ、ふたつある。」

と、レオンがいうと、アミはうなずいた。

「そこまでにかかる時間と距離《きょり》を計算すれば、何倍《なんばい》の速《はや》さで飛んでいるのかわかりますね。」

「なるほど」と、ヒキザエモン。

「でも、洗《あら》い物《もの》をするときは海におりるから、余裕《よゆう》をもって計画《けいかく》したほうがいいね。」

トモローがつけたした。


バリアーのなかにはいったまま、タンポポ号《ごう》はスピードを増《ま》しながら飛んだ。トモローのいったように船体《せんたい》にはなんの負担《ふたん》もかからないようだった。

まわりのすべてを水平線《すいへいせん》でかこまれた音のない世界で、海のところどころでうまれる白波《しらなみ》が、おどろくほどの速《はや》さでうしろにながれていく。なんだか夢《ゆめ》のなかみたいだと、シュンは思った。

とちゅうの島を見《み》のがさないように、だれかがへさきで前を見はることにした。

「最初《さいしょ》はそれがしが――」とヒキザエモンがひきうけた。「とつぜんバリアーをやめたりしないでくだされ。ふっとばされるおそれがござるのでな。」

へさきのヒキザエモンの声が、大声をださなくてもきこえる。

「クルーザーもこわれると思うよ」と、レオンがこたえた。

「しちゃいけないっていわれると、それをしたくなるひとっているじゃない。そんなひとはここにはいないでしょうね。」

アミがいった。そういいたくなる気持ちは、シュンにもわかる。

「大事《だいじ》なことは、西北西の進路《しんろ》とバリアー。」

エリがまじめな顔でつぶやいた。

「もう完全《かんぜん》にロボットたちのボートは見えない。」

と、双眼鏡《そうがんきょう》を手にしていたレオンがいった。

「かれらはどうするのでござろうか。」

へさきからのヒキザエモンのことばに、シュンがこたえた。

「きのう、ジュリエットさんが『光の島に行く』ってロボットにいいましたよね。だから、もしロボットたちがどうしてもぼくたちの森の石を手に入れようとするなら、ぼくたちを追《お》って光の島に行くか、サクラワカバ島にもどるぼくたちを待《ま》ちぶせするか、どちらかだと思います。」

「どっちも、ぞっとせんな。」

と、レオンが肩《かた》をすくめた。

「前方《ぜんぽう》に島でござる！」

ヒキザエモンがさけんだ。ロクロク島から、まだ十分ほどしか飛んでいない。

ちかづくと、珊瑚礁《さんごしょう》の一部のような、細長《ほそなが》くカーブした島だった。ほとんどが白い砂《すな》で、中央部分《ちゅうおうぶぶん》に枯《か》れた色のかたまりが太い筋《すじ》になっている。あとは黒い岩とまばらな植物《しょくぶつ》だけだ。ひとはすんでいないらしい。カモメだろうか、黒い岩の上に鳥がたくさんとまっている。一羽《わ》が飛びたつと、ほかの鳥もつぎつぎに飛びたった。

まわりの海は浅《あさ》くなって、白い砂の海底《かいてい》が見えている。緑色《みどりいろ》をおびてすきとおった水が日の光にかがやいて、これで森《もり》が緑だったら、すばらしい景色《けしき》だろうなと、シュンは思った。

通過《つうか》するときに、レオンは、

「この細長い形は、イチバアト島にまちがいないな。この時間だと、きのうの十五倍《ばい》のスピードがでていることになる。」

と、いった。

「森の石、すごく便利《べんり》だな」と、トモローがいうと、アミが「だからつかいたくなるんだ」とつづけ、エリが「で、つかえばつかうほど、もっとつかいたくなるんだね」とつづけた。

「ううん……」とシュンがうなった。

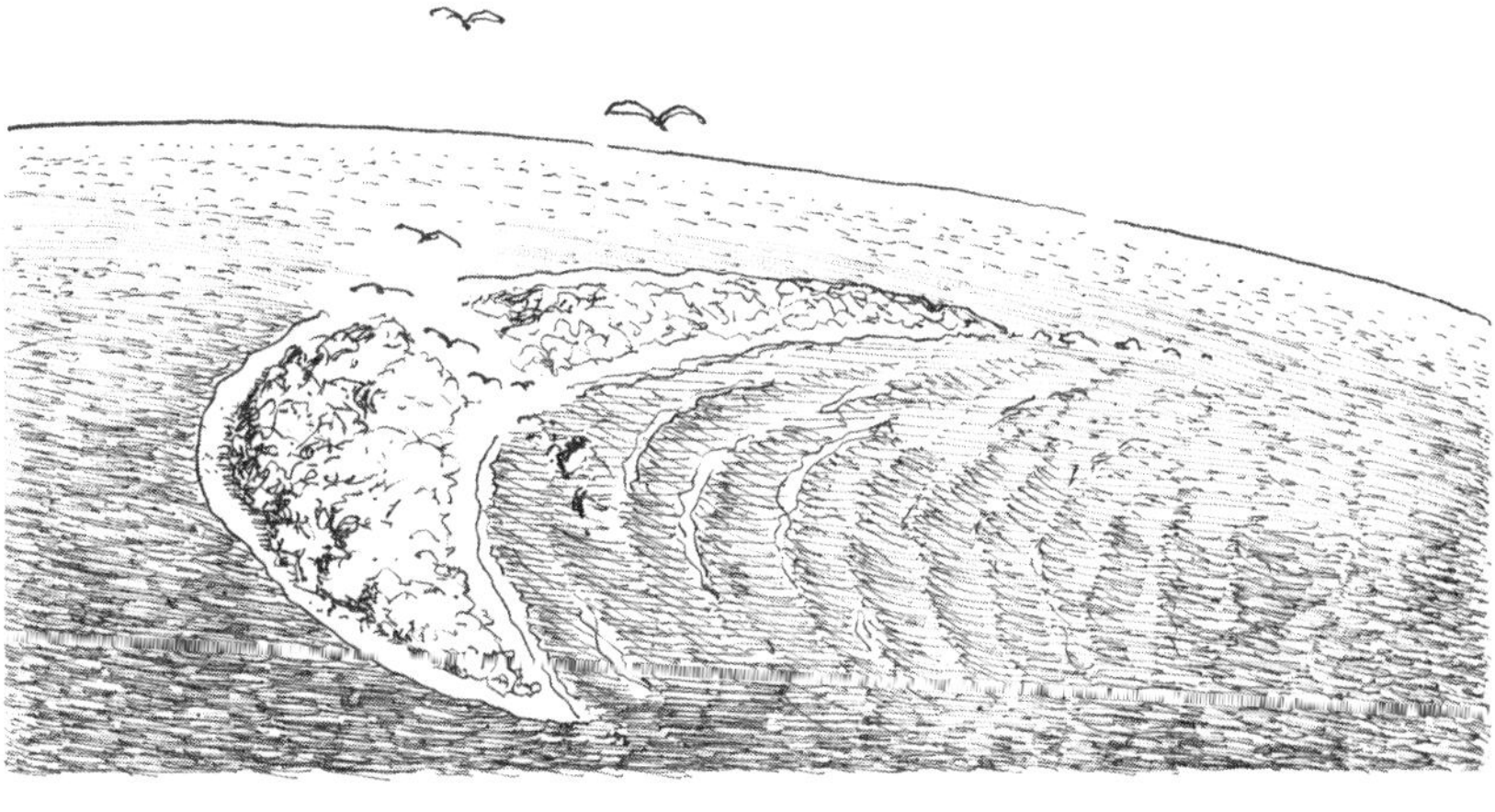

「なに？」エリがシュンの顔を見た。

「いや、ゆうべハルおばさんがヒカリにいっていたことを思いだしたんだ。森の石をつかうのをやめてもらうために、ぼくたちは森の石をつかっているんだなあって思って……、複雑《ふくざつ》な気持ちになるね。」

「ほんとだ」と、アミ。

「なんか、心がねじれるなあ」と、トモロー。

エリが眉《まゆ》をよせてすこし考え、自分にいうようにいった。

「いまはジュリエットにロメオを説得《せっとく》してもらうこと、それをわたしたちがどうたすけるかということ、それだけを考えよう。」

シュンはちらっと、船室《キャビン》のジュリエットを見た。ベンチにすわって目をとじて、なにか考えこんでいる。そういえば、光の島にちかづくにつれてことばかずがへってきている。

エリもジュリエットをちらりと見てつぶやいた。

「七十年ぶりにあう恋人《こいびと》が九十歳《さい》……。想像《そうぞう》できない……。」

昼食はトマトとハムとレタスのサンドイッチだった。

「いったい何食《なんしょく》ぶん用意《ようい》があるんですか？」トモローがハルおばさんにたずねている。

「うちは食堂《しょくどう》もやっていてね、ロボットがくるというのでお休《やす》みにしただろ。だからそこにある材料《ざいりょう》をはこびこんだのと、もともとレオンがクルージングにでかけるための保存食《ほぞんしょく》がヨットにあったから、一日三食として、あと四、五日はだいじょうぶだね。」

食器《しょっき》をあらうときにバリアーを消《け》すと、つめたい空気におどろいた。海水《かいすい》もつめたい。

昼過《ひるす》ぎに、シュンがへさきで見張《みは》りをしているときに、つぎの島を通過《つうか》した。レオンが地図《ちず》を見て、ガーデンズ島だという。かなり広い島で、そのぶん森の荒《あ》れかたもひどく見えた。

タンポポ号《ごう》をみつけて、広場《ひろば》に出てくるひとたちが、小さな人形《にんぎょう》のように見える。

「この調子《ちょうし》でいけば、あと一時間から二時間のあいだに光の島に着《つ》くだろう。」

レオンのことばで、船のなかに緊張《きんちょう》した空気がながれた。

ジュリエットがひさしぶりに操舵席《コクピット》にやってきて、大きく目をあけて前を見つめた。

22　光の島のロメオ

「見えた！」

さけんだのは、見張《みは》りをしていたエリだった。やがてシュンの目にも、水平線《すいへいせん》にかさなるひとすじの島かげがわかるようになった。

だんだんと島がふくらんで見えてくる。

「あれが、そう？」トモローが不審《ふしん》そうにつぶやいた。「ひかっているように、見える？」

「午後二時の太陽の下だから……、かな。」

と、エリが自信《じしん》なさそうにこたえた。

前方《ぜんぽう》に見える島は、陽《ひ》の照《て》り返《かえ》し以上の輝《かがや》きがあるとも思えない。

不自由《ふじゆう》な足をかばいながら、のびあがるようにして島を見ていたレオンがいった。

「なにか危険《きけん》なしるしがあれば、すぐに高くのぼりながら、島からはなれるぞ。そのときは時計回《とけいまわ》り、右回りに反転《はんてん》すると決《き》めておこう。」

「了解《りょうかい》。」「わかった。」

船をあやつる四人はうなずいた。四人がおなじ動《うご》きをイメージする必要《ひつよう》がある。

タンポポ号《ごう》は、そのままの高さでちかづいていった。

サクラワカバ島とかわらない大きさの島だ。だが、いやに灰色《はいいろ》っぽい。建物《たてもの》がかたまっているところだけに色がある。そこが町のようだが、空を飛ぶ乗り物など見えない。この船が見えているはずなのに、ひとかげもあらわれず、なんの反応《はんのう》もない。

「なんか、おかしい島だね。」エリがつぶやく。

「島のまわりを、高度《こうど》をさげながらまわってみよう」と、シュンがいうと、

「じゃあ、右のほうから」と、レオンがつづけた。「もしも島からなにかあったとき、右に反転《はんてん》しやすいだろ。」

なるほど、と四人はうなずく。

船は高度をさげながら、船首《せんしゅ》を右に振《ふ》り、海岸《かいがん》にそって、ゆっくり飛んだ。

ほとんど荒《あ》れ地《ち》だった。荒れ地のなかに、しゃれた建物《たてもの》があちこちにある。もとはあざやかな色あいだったようだが、その色があせている。手入《てい》れされているようすもない。建物のないところは、すべて岩のころがる荒れ地だ。土が雨でながされたようだ。ほかの島で見られた、弱々《よわよわ》しい緑《みどり》もない。

「枯《か》れ木もない……。」シュンが小声でいった。

「ひとがひとりもいない……」と、エリがつぶやく。

「ねえ、これ、ほんとうに、光の島なの？」ジュリエットがレオンにたずねた。

「そのはずだけど……。」自信《じしん》なさそうにレオンはこたえた。

「これが光の島だなんて、信《しん》じられない……。」ジュリエットはいやいやをするように首を振《ふ》った。「とってもきれいな、ぴかぴかした町で、着《き》かざったひとたちがむかえてくれて、わたし、こんな服《ふく》でどうしようなんて思うはずだったんだけど……。」

「港《みなと》には船がひとつもない……。」トモローがつぶやく。

ジュリエットがつづけている。「そうしたらロメオがむこうからやってきて、ジュリエット、きみはいつまでも若《わか》いね、っていうの。」

シュンがそっとジュリエットを見ると、目に涙《なみだ》がうかんでいる。

「あそこに、りっぱな屋敷《やしき》がある。」

町はずれの海ぎわにある建物《たてもの》をアミが指《ゆび》さした。

「町のようすを見ながら、あの屋敷まで行ってみよう。」

エリがいって、タンポポ号《ごう》は船もひともいない港《みなと》の上空《じょうくう》から、町にはいっていった。

「攻撃《こうげき》されることもないようだから、町の音がきこえるように、バリアーをはずそうか。」

と、シュンがいった。

「だいじょうぶ？」エリがシュンの顔を見た。

「たぶん」と、シュンがこたえ、

「いつでもバリアーを張《は》れる気持ちでいれば、いいんじゃないかな」とトモローがつけくわえた。

「念《ねん》のために、四方をみんなで見はろう。」レオンが提案《ていあん》して、全員《ぜんいん》がちらばった。「おかしいと思ったら、だれでもすぐにバリアーを張ってくれ。」

「道に沿《そ》って、ゆっくりすすむよ。」エリがたしかめた。

バリアーを消《け》すと、つめたい空気がながれこんでくる。ゆっくりとすすんでいるので、風を切る音もない。タンポポ号《ごう》は、ならぶ家々の屋根《やね》にとびうつれるくらいの高さをすべるように飛び、通りのはずれにある屋敷《やしき》をめざした。

通りにはしゃれた家や店《みせ》がならんでいたらしいおもかげがある。が、色《いろ》あせ、ふるびている。捨《す》てられたものがころがっていて、がらんとしている。窓《まど》や扉《とびら》がひらいたままのところも多い。よろい戸《ど》がはずれかけ、ちぎれたカーテンが風にゆれている。

「みんな、出ていったみたいだな。」レオンがつぶやく。

「ロメオも出ていったのかしら。」ジュリエットがつづける。

「だれかのこっていないか、呼《よ》んでみようか。」エリがいうと、トモローが大きな声で呼びかけた。

「だれか、いませんかあ。」

声が無人《むじん》の町にすいこまれて、かすかなこだまが山からかえってきた。

「おーい。」「おーい。」

エリもシュンも呼んでみた。すいこまれて、かすかなこだま。なんの返事《へんじ》もない。

「全員《ぜんいん》でひっこしたんだ、きっと。」エリのつぶやきに、

「ああ」とトモローが大きくうなずく。「だから港《みなと》に船がないんだ。」

表情《ひょうじょう》をうしなった目で廃墟《はいきょ》の町をながめているジュリエットに、シュンはいった。

「ひっこしてしまったとしても、ロメオがすんでいたのは、あのひときわりっぱな屋敷《やしき》じゃありませんか？　島でいちばん重要《じゅうよう》な人物《じんぶつ》になっていたのですから。」

ちょっと考えて、ジュリエットはうなずいた。

「もしかすると、ひとりのこっているかもしれないわ。」

やがて船は通りを過《す》ぎ、りっぱな門《もん》を飛びこし、屋敷の敷地《しきち》にはいった。門の内側《うちがわ》はおそらくは木や花がつづいていたはずの遊歩道《ゆうほどう》だ。いまは枯《か》れきって朽《く》ちた木と草《くさ》、敷石《しきいし》と荒《あ》れた石くれだけがころがっている。その上をタンポポ号《ごう》はすべるように飛んだ。

屋敷《やしき》の前までやってきた。

建物《たてもの》のまわりをゆっくりまわってみる。屋根《やね》は赤い茶色《ちゃいろ》のかわらぶき、その屋根に円筒形《えんとうけい》の塔屋《とうや》がある。壁《かべ》はうす茶色のしっくいで、下のほうには石組みの壁もある。アーチ形《がた》の窓《まど》や縦長《たてなが》の窓はすべてしまっている。

「あ、プール。」

トモローが指《ゆび》さしていった。

「プール？」レオンがふしぎそうにくりかえした。

「泳《およ》ぐのがすきだったのでござろう。よい趣味《しゅみ》ではござらぬか。」

ヒキザエモンがうれしそうにいった。

「プールにしちゃ、深《ふか》いぜ。どうやら海の水をひきこんである。」

レオンがのぞきこんで首をひねった。そういえば水面《すいめん》が上下している。

「そうか。」シュンがいった。「やっぱりここはロメオの屋敷《やしき》ですね。あれは、空飛《そらと》ぶ船《ふね》の着《ちゃく》水《すい》するところ、船着《ふなつ》き場《ば》じゃないかな。」

「どうやら、そうらしい。」レオンがうなずいた。「ボラードもある。」

「ボラード？」トモローがレオンをふりかえり、レオンがうなずいた。

「ボラード。岸壁《がんぺき》で、繋留《けいりゅう》する船のロープをかける柱《はしら》。プールの四隅《よすみ》に逆立《さかだ》ちした長靴《ながぐつ》みたいなのがあるだろ。」

トモローがうなずくのを見て、シュンも、そういう名前だったのかとうなずいた。

「じゃあ、わたしたちもそこに着水《ちゃくすい》しましょう。」

と、エリがいった。

タンポポ号《ごう》は、プールにしずかに着水して、ボラードにもやい綱《づな》をかけた。

「その、船からおりて、この建物《たてもの》にはいっていくつもりでござるか？」ヒキザエモンがつばをのみこんだ。「屋敷《やしき》のなかにロボットの団体《だんたい》がいたりするなどということは、考えられないでござろうか。」

「ロボットは全員空飛《ぜんいんそらと》ぶ船《ふね》に乗りこんでいたはずだから、もういないんじゃないかと思うけど、全員で行きましょう」と、シュンはいった。「ヒカリさんにも石を持っていっしょにきてもらって、もしなにかあれば、ぼくたち四人が〈あっちへ行け〉をやる、ということでどうでしょう。」

「ぼくたちのまわりにバリアーを張《は》る、というのもいいね。」

トモローがつけくわえた。

「なるほど、それならだいじょうぶだな。」

レオンも賛成《さんせい》したので、ヒキザエモンも、二度三度うなずいた。

「でも、ぜったいに危険《きけん》なまねはしちゃだめだよ。」

ハルおばさんはシュンたちに、こわい顔で念《ねん》をおした。

「レオン殿《どの》の足はだいじょうぶでござるか？　それがしの肩《かた》では、貸《か》したくても役《やく》にたたず もうしわけござらんのだが。」

ヒキザエモンの気づかいに、シュンがうなずいた。

「レオンは、カメレオンかテントウムシにでもなって、ぼくの肩《かた》に乗ってていけばいいではありませんか。」

「その手があったか」と、トモローは感心《かんしん》した。「それじゃあ、ヒキザエモンさんはぼくの肩に乗ってもらおうかな。」

「いや、それがしは、みなさんの速《はや》さで移動《いどう》するのは平気《へいき》でござるが……。いや、その、とつぜん大蛇《だいじゃ》などがあらわれないともかぎらぬゆえ、どうしても、といわれるのであれば、トモロー殿《どの》の肩《かた》にのせていただくことに……。いやいや、かたじけない。」

レオンは、カメレオンのすがたはみんなになじみがないだろうから、といって、ふだんのレオンのすがたのまま、身長《しんちょう》十五センチくらいにちぢんだ。そしてシュンの肩にすわり、シャツのえりにつかまった。

ジュリエット、小さなレオンを肩に乗せたシュン、ヒキザエモンを肩に乗せたトモロー、エリ、アミ、ヒカリ、ハルおばさんは、ひとかたまりになって船からプールの階段《かいだん》をのぼり、庭《にわ》に出た。

枯《か》れきった芝生《しばふ》の庭から玄関《げんかん》につづく階段をのぼる。

玄関の扉《とびら》は鍵《かぎ》がかかっていない。

「はいりますよ。」

ジュリエットが声をかけた。返事《へんじ》はない。

玄関《げんかん》からホールにはいって、まわりに目をくばりながらゆっくり歩く。みんなの足跡《あしあと》がのこる。ほこりがつもっているのだ。

玄関ホールから、つぎの間《ま》、食堂《しょくどう》、台所《だいどころ》、いくつかの寝室《しんしつ》、どこもぜいたくな造《つく》りだが、がらんとしている。ひとまわりして玄関ホールにもどる。

「どうやら、だれもいないようだな。」

シュンの肩《かた》のレオンがいった。

「いるとすれば、二階《かい》ね。」

ジュリエットがつぶやく。

「われわれの足跡《あしあと》がつくほどほこりがつもっているのでござるよ。ここにひとがすんでいるとは、とても……。」

ヒキザエモンのことばをさえぎって、ジュリエットがいった。

「ずっと二階《かい》でくらしているのよ。よわって、下におりてこられないんだわ、きっと。」

そして、二階にむかって、大きな声で呼《よ》びかけた。

「ロメオ！」

返事《へんじ》はなかった。それでもジュリエットはつづけた。

「いま、行くわ。」

りっぱなしつらえの二階《かい》への階段《かいだん》を、一段一段のぼる。やはり足跡《あしあと》がのこる。

二階は三室《しつ》あった。吹《ふ》き抜《ぬ》けになった玄関《げんかん》ホールをとりかこむ廊下《ろうか》に、それぞれの部屋《へや》の扉《とびら》がある。ジュリエットは最初《さいしょ》の部屋の扉をあけた。階下《かいか》とは一転《いってん》して乱雑《らんざつ》に機械《きかい》や器具《きぐ》があふれている。

つぎの部屋《へや》の扉《とびら》をあけた。この部屋は本であふれていた。

「ここにも、いないようでござるな。」

と、ヒキザエモンがいったとき、エリがとつぜん足をとめ、みんなの注意《ちゅうい》をひくように、手をあげた。

「なに？」シュンがたずねる。

「しっ。」エリはひとさし指《ゆび》を口の前に立てた。「なにか、きこえる。だれか、しゃべってる。」

「え？」ジュリエットがききかえした。

「しゃべり声がきこえる……。」エリがくりかえす。

みんな耳をすましました。

たしかにだれかがしゃべっているような声、でなければ音が、かすかにきこえる。

「この世《よ》の声とも、思えませぬな。」

ヒキザエモンがつぶやいて、みんなは顔を見あわせ、だれかがつばをのみこんだ。

「なにをいっているの。ロメオがいるのよ。」

ジュリエットが目をかがやかせた。

「となりの部屋《へや》からきこえるようだ。」

レオンがいうと、ジュリエットはとなりの部屋にかけだした。

「ゆだんするなよ！」レオンがさけぶ。みんなはジュリエットのあとを追《お》った。

ジュリエットは最後《さいご》の部屋の扉《とびら》をあけた。

だれのすがたも見えなかった。

広い部屋《へや》はおそらく屋敷《やしき》の主人《しゅじん》の居間《いま》をかねた寝室《しんしつ》らしい。部屋の隅《すみ》には、だれも寝《ね》ていない天蓋付《てんがいつ》きのベッドがあり、ソファーやいす、テーブルなどもある。そういう家具《かぐ》のかげにも、だれもいない。部屋はがらんとしていて、しずまりかえっている。さっききこえていたはずの声もしない。

「いない……。」

と、ジュリエットがつぶやいた。

「ロ、ロメオの、ゆうれいの声をきいたのではござらぬか……。」

ヒキザエモンが白っぽくなって、トモローの肩《かた》にしっかりしがみついた。

「部屋《へや》のなかをよくしらべてみよう。」

シュンもじつはぞっとしていたのだが、こういってみた。

バルコニーからは例《れい》のプールが見おろせた。らせん階段《かいだん》が、ベッドとはべつの隅《すみ》にあって、塔屋《とうや》の部屋につづいている。そこからは四方《しほう》をながめることができ、望遠鏡《ぼうえんきょう》があった。

どこにもあやしいものはなく、さっきの声の正体《しょうたい》はわからない。

「となりの部屋《へや》との間の壁《かべ》かな……。」

と、レオンがつぶやいたとき、ジュリエットが声をあげた。

「あ！　あの鳥だわ！」

ジュリエットは天蓋《てんがい》付《つ》きのベッドの、たれている布《ぬの》のかげを見ていた。そこには、鳥かごがあった。そしてそのなかに、ほこりをかぶった鳥が、止《と》まり木《ぎ》にとまっている。みんなはベッドのまわりにあつまった。

「あの鳥」と、ヒカリもいった。「ひとのようなもの、つれてくる、鳥。」

「いいえ、この鳥は」ジュリエットが首を振《ふ》った。「ロメオのことばをわたしに……」そこまでいって、息《いき》をのんだ。

カチッと音がして、鳥の目に光がついたからだ。

鳥はすこし頭を上《あ》げ下《さ》げし、翼《つばさ》をひろげてとじた。かるくほこりが舞《ま》った。そして、くちばしをうごかし、しゃべりはじめた。

「ロメオノコトバヲ、ツタエルタメニ、ココデ、マッテイヤシタ。コノアトワ、ロメオノコトバデヤス。」

みんなは息《いき》をのんだ。

そのあとに、苦《くる》しそうな、しわがれた声がつづいた。

「ハァイ、ジュリエット……。」陽気《ようき》な口調《くちょう》だが、声はしわがれ、苦しそうだ。「これを、きみがきいてくれるとは、思えんな。」

「さっきの声だ」とエリがつぶやく。

「もしそんなことがおこったら、それこそ奇《き》跡《せき》というものだね。きみが、これをきくのは、きみがこの島にきた場合《ばあい》に、かぎられるからなあ。森の石は、この鳥に入れるのでおしまい。サクラワカバ島まで飛んでいける量《りょう》はない。もしきみが、ここにきてくれて、きみの声でぼくの名前を呼《よ》んでくれたら、ねむっている鳥にスイッチがはいる、そんなしくみにしたよ。これで、せいいっぱい。」

「さっき下でジュリエットさんが呼《よ》んだとき

に、スイッチがはいっていたんだ。」

シュンが小声でいった。

「ぼくが死《し》んだら、ぼくのベッドにこの鳥をおいてもらうことになってる。」

ジュリエットは大きく息《いき》をのんだ。

「もしきみがここにきたら、そのとき、この島には、もうだれもいないだろうな。みんな出ていった。ぼくのまわりのものも、ぼくが死《し》んだら出ていくようにいってある。この島では、ひとはくらせなくなってしまったんだ。

この鳥がもどってきて、まえのメッセージを、きみがきいてくれたことがわかって、うれしかったよ。でもジュリエット、ぼくはもう、きみを、むかえにいけない。ごめんなさい。森を枯《か》れさせないで、森の石を手に入れる方法《ほうほう》は、どうしても、考えだすことができなかった。それどころか、どんな森にも、もともとある、森の石のかけら、森の石になるはずの砂《すな》粒《つぶ》まで、のこさずとりつくす方法をみつけてしまった。この島にはもう、森の石のかけらも砂粒もない。この島では、もうどんな緑《みどり》もそだたない。野菜《やさい》もくだものもそだたない。ひとは、この島では、くらせなくなってしまった。なにもかも、ぼくのせいだ。

キャプテン・サパーも、もどってこないな。さがしつくしたんだね。最後《さいご》にここを出てから、五年が過《す》ぎている。たぶんもうもどってこないだろうな。もしもどってきても、石をつかうぼくがいないんだ。光の島はほろびる。サパーたちには、わるいことをしたな。」

そこでロメオは、すこし息《いき》をととのえた。

「森の石にたよったのがまちがいだった。あれは森のものだったんだ。つかうものではなかったんだよ。この島に、森はもうない。みんなぼくのせいだよ。それに気づくのがおそかった。ぼくはなんだって、気づくのがおそいんだ。

ジュリエット。ぼくの心にうかぶのは、きみとすごした日々だ。とりわけ、きみと歩いた森なんだ。森をなくしたぼくなのに、ね。

むこうの世界の、クスノキのある、緑《みどり》の深《ふか》い森をおぼえているかなあ。やわらかい草《くさ》、木《こ》もれ日《び》、白い花が咲《さ》いていたっけ……、鳥の鳴《な》き声《ごえ》、きみの前髪《まえがみ》をゆらす風、花にいそぐミツバチ、笑《わら》うきみ……。いま、ぼくの望《のぞ》みといえば、あの森を、もういちど、きみと手をつないで歩くことだな……。

いまならわかる。あれが、しあわせだったんだね。

さようなら。……愛《あい》しているよ、ジュリエット。」

鳥がだまって、ジュリエットがベッドに泣《な》きくずれ、しずかにほこりが舞《ま》った。

小さなレオンが、シュンの耳にささやいた。

「(ジュリエットをひとりにしてやろう。)」

シュンが手で合図《あいず》をして、みんなはジュリエットをのこして、しずかにバルコニーに出た。

バルコニーから見おろすプールには、帆船《はんせん》ではなく、タンポポ号《ごう》が浮《う》いている。

はっと気づいて、シュンはいった。

「じゃあ、ロボットたちは、むだなことをしているんだ。」

みんなは顔を見あわせた。

「ロボットたちに、光の島がほろんだことを教えてあげなきゃ。」

と、エリがいった。

泣《な》きやんだジュリエットが鳥にむかって「ロメオ」と、呼《よ》びかける声がきこえた。鳥は最《さい》初《しょ》から話しはじめた。

「ロメオノコトバヲ、ツタエルタメニ、ココデ、マッテイヤシタ……。」

またきいている、とシュンは思った。そして、なぜ二十年まえの鳥のことばを正確《せいかく》におぼえていたのか、わかったように思った。

23　攻撃《こうげき》しないしるし

ジュリエットは鳥のはいった鳥かごを持ってかえることにした。

みんながタンポポ号《ごう》に乗りこむと、シュンたちはもやい綱《づな》をはずして、プールからタンポポ号をゆっくり上昇《じょうしょう》させた。プールの水面《すいめん》が波《なみ》だち、船から水がしたたりおちた。

船が屋敷《やしき》のベランダの高さになり、屋根《やね》の高さを越《こ》し、背後《はいご》にひろがる荒《あ》れ地《ち》が見えはじめる。その荒れはてた山や丘《おか》を見ながら、この島が緑《みどり》の島と呼《よ》ばれていたときもあったことを、シュンが思いだしていると、やはり風景《ふうけい》を見ていたヒカリがいった。

「バリアー、張《は》るまえ、島の上空《じょうくう》、飛んでほしい。」

シュンたちはそうした。ヒカリはテーブルの上においてある森《もり》の石のおおいをとり、粘土《ねんど》の表面《ひょうめん》でもかきとるように、すこしだけ手にとった。そしてそれをさらにこまかくして、船《ふな》べりから身《み》をのりだして、荒れ地のあちこちにまいた。

「森、もとどおり、なるように。」

と、ヒカリはいった。

「きたときとおなじコースでもどることにしよう。帰りの進路《しんろ》は東南東だ。」

もうふだんの大きさにもどっているレオンがいって、四人はタンポポ号《ごう》の向きをさだめた。

レオンは腕《うで》をくんだ。

「問題は、どこでロボットたちにであうかってことだな。」

「光の島がほろびてしまったことを、ロボットたちが信《しん》じてくれるといいのでござるが。」

ヒキザエモンが心配《しんぱい》そうにいうのに、

「ジュリエットさんの鳥が、教えてくれるかもしれませんね。」

と、シュンがいった。その声がきこえたのかきこえなかったのか、ジュリエットは船室《キャビン》のベンチにすわったまま、表情《ひょうじょう》のない顔で、じっと鳥かごの鳥を見つめていた。ハルおばさんがそんなジュリエットのとなりにすわって、ときどき声をかけている。ジュリエットは返事《へんじ》をしない。

一時間ちょっとで、さっき通ったガーデンズ島までもどってきた。ヒカリはここでもタンポポ号《ごう》のスピードをゆるめ、バリアーをといて、テーブルの石からかきとったかけらをまいた。

そのあとスピードをあげたせいで、まだ明るいうちに珊瑚礁《さんごしょう》の一部のようなイチバアト島に着《つ》いた。ヒカリはバリアーをといて、さっきとおなじことをした。

「あ！」

アミの声に、みんなはアミが見ている左舷側《さげんがわ》を見た。

五十メートルほどむこうに、ロボットたちのボートが上昇《じょうしょう》してくる。

島のどこかにかくれていたのだ。どういうわけか、ふたりのロボットは両手《りょうて》をあげている。

みんなだまって、ロボットたちを見た。

バリアーをはずしているので、海岸《かいがん》にうちよせる波《なみ》の音と海鳥の鳴き声が、こんなときなのにおだやかにきこえている。

「ここはぼくが話すから、きみたちは船室《キャビン》にはいって、窓《まど》からようすを見ていてくれ。いざとなったら、バリアーをたのむ。」

レオンが小声でいった。操舵席《コクピット》にいたみんなは船室《キャビン》にはいって、小さな窓にとりついた。

ロボットたちのボートはタンポポ号《ごう》とおなじ高さまでのぼると、船の向きをタンポポ号とそろえ、船腹《せんぷく》を見せながら、こんどはすこしずつこちらにちかづいてくる。

「どうして両手をあげているんだろう？」エリが、みんなが思っていることを口にした。

「よろこんでいるという感じじゃないな」と、レオンが小さく首を振《ふ》った。

「じゃあ、降参《こうさん》だっていうし？」エリがつぶやく。

「降参したなら、だまってかえりそうなものでござるが」と、窓《まど》にはりついたヒキザエモン。

「銃《じゅう》をにぎっていないってことをいいたいのじゃないかな」といったのはトモローで、

「そうかも」と賛成《さんせい》したのはアミだった。

「攻撃《こうげき》しません、と意思表示《いしひょうじ》しながらちかづいてくるというのは、話し合いでなんとかしたいと思っている、ということでござろうか。」

ヒキザエモンのことばに、レオンは考えこんだ。

「そうかもしれない。しかし、どうしても追いつけないから、攻撃しないふりをしてちかづこうと思っているのかもしれない。いずれにしても、ゆだんしないでおこう。」

「そうでござるな。いざとなればバリアーでござるな。」

ヒキザエモンは白っぽくなりながら、シュンたちを見た。いわれるまでもなく、そのつもりでいた四人は、うなずく。

ボートがちかづいてくると、木製《もくせい》のボートの細部《さいぶ》が見えてくる。ペンキなどすっかりはげおちていて、木肌《きはだ》まで見えている。海に浮《う》かべれば無事《ぶじ》ではすまないと思えるほど古い。ゆうれい船《せん》、ということばをシュンは思いだした。

胸《むね》がどきどきしてきた。両手《りょうて》をあげているのが、かえって不気味《ぶきみ》だ。いざとなると、すぐにバリアーを張《は》らなければならない。

みんなもどきどきしているだろうか。ちらっとたしかめた。となりで窓《まど》をのぞいているエリと目があった。エリは笑顔《えがお》をつくって見せた。スマイル――。

やがて、ロボットたちのボートはタンポポ号《ごう》の五、六メートルむこうでとまった。あいかわらず両手をあげたままだ。両手をあげたふたりのロボットが乗ったボートが空中《くうちゅう》にとまっているのは、ずいぶんきみょうな光景《こうけい》だ。

「どうして、手をあげているのです？」

操舵席《コクピット》のいちばんうしろにすわったまま、レオンがさきにいった。

「コウゲキシナイ、シルシデス。」

左のロボットがすこしうごいたので、そちらがしゃべっているらしい。

「トモロー のいったとおりだ」とエリがつぶやいた。

「アナタタチノ、スピードニワ、ツイテイケナイ。アナタタチノ、ボウギョニワ、テガダセナイ。ソレニ、モウ、ワレワレワ、モリノイシガ、ギリギリデス。」

「あなたがキャプテン・サパーですね。攻撃《こうげき》をしないのはわかりましたから、手をおろしてください。」

と、レオンがいった。

「アリガトウ」とうなずいて、サパーが手をさげた。右の、部下《ぶか》のロボットの手もさげさせた。そして、いった。

「オネガイデスカラ、モリノイシヲ、クダサイ。ワレワレガ、モリノイシヲ、モチカエラナケレバ、ヒカリノシマワ、ホロビテシマウノデス。」

「ぼくの話をきいてください」と、レオンは話しだした。「ぼくたちは、いま、光の島に行ってきたところです。光の島は、もうほろびていました。だれもいません。」

「ウソダ！」

部下《ぶか》のロボットがいった。さけんだ、のかもしれない。サパーが手をあげて部下をだまらせた。レオンはつづけた。

「ロメオのりっぱな屋敷《やしき》に行ってきました。庭《にわ》のプールにこの船を着《つ》け、屋敷のなかにはいりました。」

庭のプールときいて、あきらかにロボットたちは動揺《どうよう》した。

「屋敷には、だれもいませんでした。二階《かい》のベッドに鳥がいて、鳥はロメオの声のメッセージをしゃべりました。キャプテン・サパーの名前も出てきます。」

そこでレオンは「ジュリエット」と、小声で呼《よ》んだ。

シュンたちはジュリエットが鳥かごをかかえて操舵席《コクピット》に出ていくだろうと思った。が、出ていく気配《けはい》がない。

「ジュリエット。」

レオンがもういちど呼《よ》んだ。ジュリエットは、鳥かごの鳥を見つめたまま、ぼんやりとしている。

ハルおばさんがジュリエットの肩《かた》に手をかけ、かるくゆすぶった。

「ジュリエット。」

ジュリエットは、がくがくとゆれて、ハルおばさんを見た。どういうことになっているか、わかっていないようだ。

「トリノコエヲ、キカセテモラオウ。」

と、サパーがいった。

そのとき、ハルおばさんがしずかにジュリエットになった。

ふたりの正面《しょうめん》にいたヒカリはぎょっとした。

ハルおばさんのジュリエットが鳥かごを抱《だ》いてすぐ前を通りすぎるのを、シュンとトモローとアミも、息《いき》をのんで見おくった。エリだけが、いつでもバリアーを張《は》れるように、ちらちらとロボットのほうを見ている。

ハルおばさんのジュリエットが、鳥かごを持って、操舵席《コクピット》にすがたをあらわした。ハルおばさんの変身《へんしん》を見ていたレオンは、ごくりとつばをのみこんで、いった。

「あなたたちは信《しん》じられないとおっしゃったそうですが、ジュリエットはロメオの恋人《こいびと》です。恋人でした、といったほうがいいのかもしれません。ロメオはもう生きてはいないからです。ロメオは死《し》ぬまえにメッセージをのこしました。この鳥は、ジュリエットの呼《よ》びかけだけに反応《はんのう》します。」

「ウソダ!」部下《ぶか》のロボットがサパーを見ていった。サパーはうごかなかった。

レオンがうながすと、ハルおばさんのジュリエットが呼びかけた。

「ロメオ。」

ハルおばさんのジュリエットの声でも鳥はしゃべるだろうかという考えが、シュンの心にうかんだ。

カチッと音がして、鳥の目に光がついた。

シュンはつめていた息を吐《は》きだした。

「ロメオノコトバヲ、ツタエルタメニ、ココデ……。」

部下《ぶか》のロボットが、からだをはげしくうごかして、いった。

「コイツタチワ、ウソツキデス。シッカリシテクダサイ、キャプテン・サパー。」

それから間《ま》をおかず、こちらにむかってさけんだ。小さな鳥の声はロボットの声に消《け》されてきこえない。

「ドウシテ、オマエタチワ、ワレワレヲ、クルシメルノダ。ドウカ、モリノイシヲ、ワレワレニクダサイ。オマエタチガ、モッテイテモ、ツカエナイダロウ。」

「ロメオの声をきいてください！」レオンの声。

「キイテワイケナイ、キャプテン・サパー。トリニ、ヤツラノツゴウノイイコトヲ、シャベラセテ、ダマソウトシテイル。」

だしぬけに、新しい声がくわわった。

「きく！　ひとのようなものたち！」

ロボットたちもシュンたちもびっくりした。とつぜん操舵席《コクピット》にあらわれたのは、ヒカリだった。ハルおばさんのジュリエットが抱《だ》きかかえている鳥かごの横《よこ》に立っている。あの歌をうたっていたときのような、力強《ちからづよ》い声だった。みんながおどろいた一瞬《いっしゅん》の静寂《せいじゃく》に、

「……この島には、もうだれもいないだろうな……。」

と、ロメオの苦《くる》しそうな声がながれて、サパーは身《み》をのりだした。部下《ぶか》のロボットがまたしゃべりはじめる。

「モリノイシヲマモルヒト、ワレワレニ、モリノイシヲ、ヨコシナサイ。ソレワ、オマエタチニ、ナンノ……。」

とつぜんエリが、はげしく息《いき》をのんだ。

「ロボットたちがバリアーのなかにいる！」

シュンもトモローもアミもどきっとした。気づかなかった。いつのまにかボートが、バリアーの球体《きゅうたい》イメージの内側《うちがわ》にはいっているのだ。もうタンポポ号《ごう》と一メートルもはなれていない。

部下《ぶか》のロボットの声にかさなって、ヒカリのひびく声。

「ひとのようなものたち。鳥の声、きく。ロメオ、いっている。石、森のもの……。」

「船を……。」「バリアーのイメージは……。」

シュンとトモローが同時《どうじ》にいいかけたとき、

「ナニガトリノコエダ。」

部下《ぶか》のロボットがすばやい動きで銃《じゅう》をかまえた。

「バリアー！」

トモローがさけぶのと、白いかたまりがタンポポ号《ごう》からボートにとぶのと、するどい衝撃《しょうげき》の音が、ほぼ同時《どうじ》だった。船全体《ぜんたい》がはげしくゆれるなかで、シュンは操舵席《コクピット》にとびだした。ボートの上では、部下《ぶか》のロボットが顔にしがみつく白ネコを振《ふ》りはらおうと、腰《こし》からとりだしたナイフを振りあげる。シュンは操舵席《コクピット》から身《み》をのりだし、ボートの白ネコに両手《りょうて》をさしだし、全身《ぜんしん》の力でさけんだ。

「エリ！　もどれ！」

ロボットのナイフは空《くう》を切り、白ネコはばねでひきもどされるように、シュンの腕《うで》のなかにとびこんできた。

「だいじょうぶか？」シュンがたずねると、

「だいじょうぶ。」白ネコはこたえた。

トモローがしたのか、アミがしたのか、タンポポ号《ごう》がボートからすうっとはなれ、球形《きゅうけい》のバリアーが張《は》りなおされ、銃撃《じゅうげき》の余波《よは》だろう、そのバリアーが白く波《なみ》だってゆれている。バリアーのせいで、ロボットたちの声はきこえない。白い波のむこうで、ロボットたちははげしくうごいていた。サパーが部下《ぶか》の銃《じゅう》をとりあげ、投《な》げすてた。銃は下におちていく。つづいて自分の銃も投げすて、こちらを見て、両手《りょうて》をひろげた。部下はサパーを見ながらボートの底《そこ》にくずれおちた。サパーは、いやいやをするように左右に首を振《ふ》った。

それからゆっくり、ロボットを乗せたままボートは高度《こうど》をさげはじめた。タンポポ号《ごう》のみんなは船《ふな》べりから身《み》をのりだして、おちていくボートを見た。

五十メートルほど下の砂浜《すなはま》に、スローモーション映像《えいぞう》の動きでボートはおち、それでもその衝撃《しょうげき》にたえきれずボートはふたつにわれ、ふたりのロボットもはずんでよこたわり、しずかに砂《すな》ぼこりがあがった。

そのすべてがパントマイムのように見えた。

「……あれは森のものだったんだ……。」

ロメオの声がしゃべっている。

「ああ！　ヒカリ！」

ハルおばさんのジュリエットが、片手《かたて》で自分の口をおさえ、よろけるようにベンチに腰《こし》かけた。

ヒカリの片腕《かたうで》がなくなっていた。

24　ふつうの時間割《じかんわり》

「だいじょうぶ。」

ヒカリはハルおばさんを見て、うなずいた。

「……緑《みどり》の深《ふか》い森をおぼえているかなあ……。」

ハルおばさんのひざの上の鳥かごから、ロメオの声がつづいている。

「手当《てあて》、したほうがいいんじゃないか？」

レオンが身《み》をのりだしたが、ヒカリはもういちど、「だいじょうぶ」といった。腕《うで》のついていたところは、はじめからなにもついていなかったように、ひものようなものでおおわれている。けれど、ほかのところより色が白っぽかった。

「いったい、どういうことが……。」

アミといっしょに、ようやく船室《キャビン》から出てきたトモローが、片腕《かたうで》のヒカリ、シュンに抱《だ》かれた白ネコのエリ、ハルおばさんのジュリエットを見まわしながら、だれにたずねればいい

か決《き》めかねるようにつぶやいた。

レオンが説明《せつめい》した。

「ロボットが鳥とハルおばさんにむけて銃《じゅう》をかまえたとき、まずヒカリが手をひろげて立ちふさがったんだ。そのときネコになったエリがとびかかった。だから、銃口《じゅうこう》がエリにつられてすこしそれた。それでヒカリの腕《うで》だけですんだんだ。」

「バリアーが間《ま》にあわなくてすみません。」アミとトモローがうつむいた。

「いや、バリアーは間にあったように見えたのでござるが……。」

ヒキザエモンが首をひねったが、ヒカリが首を振《ふ》った。

「だいじょうぶ。エリさんのおかげ、ありがとう。」

ヒカリがいうと、シュンの腕《うで》のなかで白ネコのエリがいった。

「ヒカリはハルおばさんをまもろうとしたんでしょ。」

「ヒカリ、ありがとう。」

ジュリエットのハルおばさんがいった。

「……さようなら。……愛《あい》しているよ、ジュリエット。」

鳥がしゃべりおわって、みんなは船室《キャビン》のジュリエットを見た。ジュリエットは「なにがあったの？」という顔で操舵席《コクピット》のほうを見ている。

「ひとにもどる。」

エリが小声《こごえ》でいった。シュンが手をゆるめると、白ネコは前甲板《バウデッキ》の下の部屋《へや》にはいった。

シュンは、船室《キャビン》の床《ゆか》におちていたエリの服《ふく》を、うしろから投げいれた。

「ほんとうにネコになれるんだ。」「どうしてネコがいるんだって思った。」

トモローとアミの声がきこえている。シュンは船室《キャビン》のしきりにもたれて、うしろの部屋《へや》のエリに小声《こごえ》でいった。

「びっくりしたよ。ずいぶんむちゃをするなあ。」

「時間をかせげば、バリアーができる距離《きょり》まで船をはなしてくれると思った」と、小さな声がかえってきて、そのあと、さらに小さな声が、「シュン、呼《よ》びもどしてくれてありがとう」と、つづいた。

あれ？　とシュンは思った。

「シュンって、はじめて呼《よ》んだ。」

「みんなが呼んでるから。シュンも……。」

「なに？」

「まえみたいなしゃべりかたをしていない。」

そういえばそうだ、とシュンはひとり笑《わら》った。

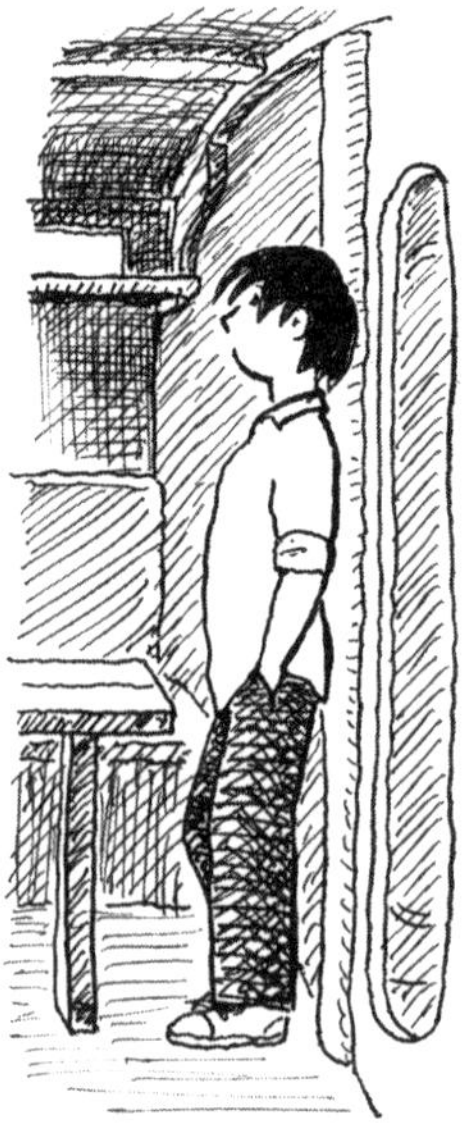

「みんなのがうつったんだ。」

ひとのすがたになったエリとシュンが操舵席《コクピット》にもどると、みんなは船《ふな》べりからロボットたちを見おろしていた。

「ぴくりともうごかぬようでござるな。」

「しかし、どうしてあのタイミングで撃《う》ったんだろう。」

レオンが首をひねると、ヒキザエモンがうなずいた。

「さようでござる。鳥の声をきいてくれとか、森の石が森のものだとか、まえからいっていたことなのに、あのときにかぎって、とつぜん、という感じでござった。」

シュンも船からのりだして、下をのぞいてみた。白い砂《すな》の上にこわれたボートがおちている。そのボートのなかに、ふたりのロボットがよこたわっている。まるで海底《かいてい》の難破船《なんぱせん》を見ているようだ。部下《ぶか》のロボットは目の光をうしなっているが、サパーの目は、まだかすかにひかっているように見えた。銃《じゅう》は手のとどかないところにころがっている。

「森の石が切れたのでござろうな。」

と、ヒキザエモンがつぶやいた。

「下におりて、話ができるようなら、話してみよう。」レオンがいった。「ロボットたちはぴくりともうごかないから、バリアーはいらないだろう。でもよく見ていて、すこしでもうごくようだったら、バリアーをたのむ。」

四人は船《ふな》べりから下を見ながら、バリアーをはずした。波《なみ》の音と海鳥《うみどり》の声がもどってくる。

それから、タンポポ号《ごう》は高度《こうど》をさげていった。

「どういうふうにとめる？」シュンがいった。

「どういうふうって？」エリがたずねた。

「船の底《そこ》が砂《すな》すれすれ、とか、海に浮《う》かんでいるような感じに砂に浮かんでいる、とか。」

シュンがいうと、レオンが、

「二番にしてくれ」といった。「砂の上におりやすい。」

クルーザーがおりていくと、船の形に砂《すな》が移動《いどう》した。船台《せんだい》に模型《もけい》の船が乗るように、掘《ほ》られた砂に船はおさまった。そのあいだも、ロボットたちはうごかない。

レオンはボートフックを杖《つえ》にして、船《ふな》べりをまたぐだけで、砂の上におりることができた。

そして、サパーにちかよった。シュンたちはタンポポ号《ごう》の船べりから、いつでもレオンとクルーザーをまもるバリアーを張《は》れる用意《ようい》をして、ようすを見まもった。サパーの目が弱《よわ》くひかっている。

「キャプテン・サパーですね」と、レオンがいった。

「ソウデス」と、サパーはこたえた。「ブカガ、ハッポウシテシマッテ、スマナイ。」

「どうして発砲《はっぽう》したのでしょう。」

サパーは、すこし考えてからいった。

「モリノイシヲ、モッテカエラナケレバナラナカッタ。

コウゲキシナイフリデ、デキルダケチカヅイテ、イッキニ、コウゲキスルサクセンダッタ。」

「ずるい作戦《さくせん》……。」

エリとアミが、同時《どうじ》につぶやいた。その声はサパーにきこえた。

「ヘイシノサクセンニ、ズルクナイサクセンナド、ナイ。

アナタガタワ、ヒカリノシマガ、ホロビタトイッタ。ワタシワ、ソノハナシヲ、ホントウダトオモッタ。ケレド、ブカワ、ソウオモワナカッタ。サクセンヲ、ハジメルアイズヲ、マッテイタ。ワタシガ、アイズシナイノデ、イライラシテイタトオモウ。」

「それで、自分で判断《はんだん》して、発砲《はっぽう》したのですね。」

「カットシタノダ、トオモウ。」

「かっとした？」

「カレワ、『ヒトノヨウナモノ』トイウコトバニ、カットシタノダ、トオモウ。

アチラノセカイデ、ニンゲンダッタワレワレガ、コチラデ、ロボットトシテ、ヨミガエラサレタ。ロボットガ『モノ』トシテ、アツカワレルコトヲ、ココロヨク、オモッテイナカッタカラ……。」

「ひとのようなもの、と呼《よ》ばれて、かっとして、撃《う》った……。」

レオンがつぶやいた。サパーはつづけた。

「ワレワレワ、アナタタチノバリアーヲ、ツキヌケルノニ、エネルギーヲ、ツカッタ……。」

シュンたちは顔を見あわせた。まえとおなじバリアーでは弱《よわ》かったのだ。そういえばバリアーは白く波《なみ》だっていた。間《ま》にあったからだ。ロボットたちがバリアーにも対抗《たいこう》する作戦《さくせん》をとうぜん考えるだろうと、想像《そうぞう》できなかったのがいけなかったのだ――。

「ボートノモリノイシモ、オワリ、ワタシモ、モウナガクナイ。

ワレワレワ、ムコウノセカイノ、ヘイシダッタ。クンレンチュウニ、ジコデシンダワレワレヲ、ロメオガ、コチラノセカイニ、ヨミガエラセテクレタ……。

ロメオノコエヲ、キカセテクレナイカ……。」

ハルおばさんのジュリエットが、鳥に「ロメオ」と呼《よ》びかけた。

「ロメオノコトバヲ、ツタエルタメニ、ココデ……。」

鳥がしゃべりはじめた。みんなはだまって、もういちどロメオの声をきいた。

「……サパーたちには、わるいことをしたな。」

と、いうのをきいたところで、サパーの目の光が消《き》えた。それでもみんな、おわりまで、きいた。

レオンが、船《ふな》べりにならんでいるみんなをふりかえった。

「おわった。」


それからレオンは、サパーの背《せ》から、シャベルをはずした。なにをするつもりかわかったシュンとトモローは船《ふな》べりからおりて、レオンが持つシャベルと、もうひとりの兵士《へいし》のシャベルをとった。そしてふたりはそこに穴《あな》を掘《ほ》りはじめた。エリもアミも交代《こうたい》して穴を掘った。

ふたりのロボットを銃《じゅう》といっしょに埋《う》め、砂《すな》を盛《も》りあげ、ふたつのシャベルを墓標《ぼひょう》のように立てた。

「サクラワカバ島にもどったら、あと六つ、穴《あな》を掘《ほ》らなきゃならんのでござるか。」

と、船《ふな》べりでヒキザエモンがいった。

「大きな帆船《はんせん》もなんとかしないといけないしな。でも、あっちのしごとは、石の力でやって
もらえばいいんじゃないか？」

と、レオンがこたえた。

「そういうことなら、いまのも、石の力でやればかんたんだったのではござらぬか。」

ヒキザエモンがあきれたようにいったが、

「いや、そういう気分《きぶん》にはなれなかったな。」

と、レオンがいって、ほかの四人もうなずいた。

「キャプテン・サパーはいいやつだったしな。」

とレオンがつけたした。

「あとの六つの穴《あな》も、石の力を借《か》りるのはよそう」シュンがいった。「ぼくたちで穴を掘《ほ》ろう。」

「それがいいと思う。」アミが賛成《さんせい》すると、

「ぼくも掘る。」トモローが手をあげ、「そうだよね。」エリもうなずいた。

みんなが船に乗りこむと、タンポポ号《ごう》はしずかに浮《う》かびあがって、東南東に進路《しんろ》をとった。

岩場《いわば》にとまっていたカモメたちが鳴《な》きながら、さそわれたように飛びたつ。二、三羽《わ》のカモ

メがついてこようとしたが、クルーザーがバリアーを張《は》り、スピードをあげるとたちまちひきはなされた。


船はロクロク島にむかっている。

サクラワカバ島の森《もり》をまもることはできたようだ。

けれどロメオはすでに死《し》んでいたし、キャプテン・サパーも兵士《へいし》たちももう存在《そんざい》しない。

ヒカリの腕《うで》もうしなわれた。みんなあまりしゃべらなかった。

自分のすがたにもどったハルおばさんだけが、ジュリエットのそばにすわって、小さな声でなにやら話しかけている。気持ちがわかったからかけられることば、というものがあるのだろうと、シュンは思った。


操舵席《コクピット》に出て、ひろい海と空を見ていると、すこし心がかるくなる。

トモローがエリとシュンを見てたずねた。

「ねえ、エリがネコになってボートにとんだとき、ぼくはもうバリアーを張《は》っていたように思うんだけど、エリはバリアーをつきやぶってとんだのかな。シュンがエリに『もどれ』っていったときも、バリアーはじゃましなかったのかな。」

「バリアーがあってもつきやぶるつもりでとんだ」と、エリがこたえ、「ぼくは、なにがあってももどってこいっていうつもりで、呼《よ》んだ」と、シュンがこたえた。

「そうか……。」トモローはため息《いき》をついた。「エリもシュンもロボットも、バリアーを超《こ》える力をイメージしたのに、ぼくはバリアーの強さを考えなかったんだな。」

「わたしもバリアーの強さなんて考えなかった。」アミもうなずいた。「そんなふうにして、武器《ぶき》も防御《ぼうぎょ》も、どんどん強いものになっていくんだね。」

シュンは空を見あげた。空はどこまでも広い。

操舵席《コクピット》と船室《キャビン》の間の階段《かいだん》から、やはり空を見あげていたレオンが四人に声をかけた。

「きょうはいそいでいるからしかたがないけど、こんどは風の力でうごくタンポポ号《ごう》に乗ってくれよ。」

レオンの声をきくと、なぜか明るい気分《きぶん》になる。シュンとトモローが「はい!」と元気よく返事《へんじ》をし、エリがにっこり笑《わら》った。アミはちょっと考えてから、決心《けっしん》したような顔で「はい」とうなずいた。みんなは船酔《ふなよ》いをしたアミを思いだして、顔を見あわせ、すこし笑《わら》った。

夕陽《ゆうひ》におされるようにタンポポ号は海の上を飛んでいる。

「あしたから、ふつうの時間割《じかんわり》にもどれるかなあ。」

と、アミがいった。

「なんだか力がぬけた感じでござるな。」

船室《キャビン》の屋根《やね》の上で、ふところに手をつっこんだヒキザエモンがいった。そのとおりだなと、シュンも思う。

「あ、思いだした」と、トモローがシュンを見た。「ねえ、シュン。桜若葉祭《さくらわかばまつ》りに、ぼくの服《ふく》をつかっただしものを考えてくれなくちゃいけないよ。お母さん、見にくるから。」

――そうだった！

とシュンは顔をしかめた。それから、

「考えるけど、トモローも、出演《しゅつえん》するんだぜ」と、いってみた。

「いいよ」と、トモローは笑《わら》った。

「わたしたち、それ、見に行っていい？」と、アミがエリの肩《かた》に手をまわしていった。

「行く、行く。」エリも笑顔《えがお》でいう。

――だしものの脚本《きゃくほん》を考えるのか……。

シュンはやれやれと空をあおいだ。けれどなんとかなるだろう、とも思った。こんなにいろんなことを乗りこえてきたのだから、だしもののひとつぐらいできそうな気がする。

いろんなこと――。白ネコをたすけてから、わずか一か月しかたっていないのに、ほんとうにいろんなことがあった。一か月まえは、いまとなりにいるエリのことも知らなかったのだ。そっと見るとエリのほおが夕陽《ゆうひ》にひかっている。

——ひつじ亭《てい》のエリ、か。

「なにを考えてる？」とつぜんエリがシュンにたずねた。

「え？」

シュンはないしょのことをみつけられたように、どきっとした。

「フジイ・シュンは、ぼんやりしていた」と、エリがいう。

「あ、あのですね、その呼《よ》ばれかたもわるくないですね」と、シュンははぐらかした。

「そのしゃべりかたも、わるくないよ」と、エリは笑《わら》って、もういちどたずねた。「で、なにを考えてた？」

「秘密《ひみつ》。」

シュンは笑って、空を見た。

赤くなりかけた空はまだ明るい。

タンポポ号《ごう》はスピードをあげた。


（おわり）

『森の石と空飛《そらと》ぶ船《ふね》』の物語に出てくる何人かのキャラクターは、『夜の小学校で』『カメレオンのレオン　つぎつぎとへんなこと』『カメレオンのレオン　小学校の秘密《ひみつ》の通路《つうろ》』にも、登場《とうじょう》します。

ただし、ヒキザエモンについては、作中で本人《ほんにん》がいっているように、『カメレオンのレオン　つぎつぎとへんなこと』に登場しているのはにせものです。

岡田　淳

森の石と空《そら》飛《と》ぶ船《ふね》

NDC913
偕成社ワンダーランド
偕成社318P. 22cm
ISBN978-4-03-540540-5 C8393

作絵：岡田 淳（おかだ じゅん）
1947年、兵庫県に生まれる。神戸大学教育学部美術科卒業。図工専任教師として小学校に38年間勤務。その間から斬新なファンタジーの手法で独自の世界を描く。『放課後の時間割』（日本児童文学者協会新人賞）『学校ウサギをつかまえろ』（同協会賞）『雨やどりはすべり台の下で』（サンケイ児童出版文化賞）『扉のむこうの物語』（赤い鳥文学賞）「こそあどの森」シリーズ（野間児童文芸賞）『びりっかすの神さま』（路傍の石幼少年文学賞）『願いのかなうまがり角』（産経児童出版文化賞フジテレビ賞）等受賞作も多い。ほかに『二分間の冒険』『ふしぎの時間割』『竜退治の騎士になる方法』『フングリコングリ』『選ばなかった冒険』、最新刊に『きかせたがりやの魔女』。また絵本『ヤマダさんの庭』マンガ『プロフェッサーPの研究室』などがある。

森の石と空《そら》飛《と》ぶ船《ふね》
2016年12月　1刷
2017年 5 月　2刷

作者　岡田 淳
発行者　今村正樹
発行所　株式会社 偕成社
〒162-8450　東京都新宿区市谷砂土原町3-5
TEL:03-3260-3221（販売）　03-3260-3229（編集）
http://www.kaiseisha.co.jp/

印刷所　中央精版印刷株式会社
　　　　小宮山印刷株式会社
製本所　株式会社常川製本

岡田淳の本
ファンタジーの森で

★印は偕成社文庫にも収録されています。

★ ムンジャクンジュは毛虫じゃない
クロヤマの頂上で見つけたふしぎな生物は、
花を食べるのが大好きだった。

★ 放課後の時間割
◇日本児童文学者協会新人賞
人間のことばを話す学校ネズミが
そっと話してくれたふしぎな話 14 話。

★ ようこそ、おまけの時間に
毎日連続して見る夢の世界では、
誰もがイバラの中に閉じこめられていた。

★ 雨やどりはすべり台の下で 伊勢英子：絵
◇サンケイ児童出版文化賞
雨森さんて魔法使いなの？
子どもたちが語るふしぎな雨森さんとの出会い。

★ リクエストは星の話
夜空に輝く星だけが星じゃない。
もっとステキな星があることを知ってますか？

★ 二分間の冒険 太田大八：絵
◇うつのみやこども賞
黒猫との約束で、悟はおそろしい竜のすむ世界で、
思いがけない冒険をする。

学校ウサギをつかまえろ
◇日本児童文学者協会協会賞
転校生のにがしてしまったウサギを追ううち、
四年生六人の心がひとつになった。

★ びりっかすの神さま
◇路傍の石幼少年文学賞
ビリになった人にだけ見えるという
神さまがあらわれクラスは騒然。

★ ポアンアンのにおい
大ガエルのポアンアンは、
生き物をつぎつぎシャボン玉にとじこめた。

★ 手にえがかれた物語
手に絵をかいて、願いごとのかなうリンゴとは…。
おじさんと理子と季夫のねがい。

★ 選ばなかった冒険 ― 光の石の伝説 ―
学とあかりが迷いこんだのは、
なぞの RPG ゲーム〈光の石の伝説〉の世界だった。

ふしぎの時間割
朝の登校時から放課後の学校まで
ふしぎな物語ばかり 10 話。

竜退治の騎士になる方法
その男はジェラルドと名のり、
自分は竜退治の騎士だと関西弁でいいだした。

フングリコングリ ― 図工室のおはなし会 ―
図工室にやってきたふしぎなお客にかたる、
おもしろくておかしくて妙なお話。

カメレオンのレオン ―つぎつぎとへんなこと―
桜若葉小学校でおこる怪事件のかずかず。
探偵レオンがうごきだす。

カメレオンのレオン 小学校の秘密の通路
桜若葉小学校の校庭のクスノキは秘密の通路で、
通路の先はべつの世界！？

シールの星 ユン・ジョンジュ：絵
『リクエストは星の話』よりのシングルカット作品が、
韓国の画家の手によって美しい一冊に！

願いのかなうまがり角 田中六大：絵
◇産経児童出版文化賞フジテレビ賞
めっちゃかっこいいおじいちゃんの話はどれも
スケールがでかくておもしろい！

夜の小学校で
桜若葉小学校の夜に起こる奇妙な出来事

そこから逃げだす魔法のことば 田中六大：絵
おじいちゃんの話はますますヒートアップ！
今回はおじいちゃんのひいおじいちゃんも登場！

きかせたがりやの魔女 はた こうしろう：絵
小学校にまつわる5人の魔女と
1人の魔法使いのお話。

森の石と空飛ぶ船
シュンはプラタナスのむこうの世界で
ふしぎな少女エリとであう。

エッセイ集 **図工準備室の窓から**
―窓をあければ子どもたちがいた―
著者が長年つとめた小学校の図工の教師
としての思い。

桜若葉小学校《さくらわかばしょうがっこう》への通路《つうろ》
北突堤《きたとってい》、倉庫《そうこ》の路地《ろじ》
→校舎《こうしゃ》の裏《うら》
霧《きり》の広場《ひろば》、ドラゴン像《ぞう》の台座《だいざ》
→中庭《なかにわ》のクスノキ
トチノキの林にあるプラタナス
→裏庭《うらにわ》のプラタナス
南《みなみ》の湖《みずうみ》の近《ちか》く、大きな岩
→プール横《よこ》の陶芸室《とうげいしつ》
北の湖
南の湖